田黎明 卷

当代中国美术家档案

中国画篇

主编：郭怡孮

执行主编：满维起　晋　奕
策　划：晋　奕　王泽深
中国美术创作院学术主持

华艺出版社

dangdai zhongguo meishu jia dangan

● zhongguohua pian

li baolin　juan

zhubian: guoyizong

zhixingzhubian: man weiqi　ji yi

ce hua: ji yi　wang ze shen

zhongguo meishu chuangzuoyuan xueshu zhuchi

huayi chubanshe

21世纪已经把人类带入了一个崭新的世界，21世纪的中国画坛，也随即进入了一个朝气蓬勃、繁荣发展的时代。中国画的创新是时代赋予当代画家的历史重任。从20世纪后半叶起，一大批有志于此的画家为实现中国画由古典形态向现代形态的转变做出了可贵的贡献。他们遥接远古，继承优秀的民族文化传统，又用现代人的眼光审视东西方文化，站在时代的制高点上吞吐八荒，容纳百川，广收博取，推陈出新，他们代表着时代主流美术的发展方向。本套书所收集和推介的五十位时代名家都是这个背负着历史重任的优秀美术群体中搏击勇进的骁将，他们分别在中国画山水、花鸟、人物的不同领域中高扬时代精神，在把自己的艺术推向更具现代意义的新阶段的同时，也对中国画的繁荣发展产生了深远的影响，作出了巨大的贡献。

　　在中国美术史上，也许再没有哪个时期在创作自由上能和我们现在这个时代相比，艺术家获得了前所未有的解放。特别是由于"文革"的反衬，这种创作自由更显得弥足珍贵。但是艺术实践本身是无情的，它和其它自然行为一样，遵循优胜劣汰的法则，如果艺术家本身不去珍惜，不去创新，不努力提高自己，不在继承传统的基础上推陈出新，那么，自由越大，艺术性反而越小，创作的自由与作品的艺术性反而会形成反比。

　　中国画所以能独立于世界艺术之林，正是由于其为独特的文化所造就，以独特的品质而存在，尤其是它独特的笔墨精神，极富有中国本土文化的内涵。所以，面对时代的挑战，吸取传统文化的精髓，站在时代文化发展的层面上看待外来的文化，以开放的胸怀有选择地为己所用，以此来丰富中国画的表现语言，体现出时代精神，是时代赋予当代中国画家们的任重道远的巨任，同时这也是推动中国画发展与繁荣的必由之路。

　　我们之所以选择这五十位中国画家，其理由是：

　　他们都是当代中国画坛独树一帜的一流中国画家。他们的绘画创作所取得的卓越成就，体现、代表了这一时代中国画的最高品味。

　　他们中大多数人同时又是当代一流的绘画理论家。他们的理论来自实践，有感而发，对前人的画论既有发微、探讨，又有自己独到的见树，体现、代表了这一时代中国画理论研究的最高水平。

　　他们同时又都是当代一流的美术教育家。他们德高望重，为人师表，诲人不倦，为我们当代美术教育事业作出了启蒙、奠基、开拓的贡献。我国美术事业在今天能有如此的兴旺、繁荣、名家辈出，与他们的掘井、汲泉、灌溉和培育是分不开的。

五十位画家的绘画理论和他们的绘画作品一样，都是我国极其宝贵的文化财富，它将作用于对五十位画家绘画艺术的研究，作用于中青年画家和中国画爱好者的学习，也将为弘扬中华文化、进一步提高中国画创作质量起着借鉴指导作用。

在这些画家的画论中，诸如对待传统问题、革新问题、中国画发展前途问题、中西绘画融合问题等等，其中有些理论观点，相互之间不尽相同，甚至完全对立，但乐山乐水、见仁见智乃学术中之常事，这样反而有利于学习研究者从他们各自不同的见解中，受到更多的启迪，从而因损各便，流派分呈。

此外，除了绘画作品和绘画理论，本系列丛书还选入了有关画家的一些自传自叙性质的文章及生活写真、艺术年表等，以求全方位地展现画家，突出丛书"档案"的特点。纵观当今美术出版市场，可谓是琳琅满目，但真正有较高水准的出版物为数不多，尤其在出版形式上，现行的美术出版物均以平面地介绍画家的作品为主。其实，任何一个画家均是立体地生活在一个复杂的社会中，其生活环境、工作环境无时无刻不在对画家的作品起着重要的影响。我们要了解画家、研究画家，不仅应该通过绘画作品本身，还应从产生艺术的环境、可资追寻的背景入手，通过这些方面了解的画家，才是一个有血有肉的画家。因此，这套丛书的出版，为研究画家，研究其艺术提供了部分很有价值的文献档案，同时，整套丛书的出版也为艺术图书的编辑体例提供了一个很好的范例。

《当代中国美术家档案》是一部综合型丛书，"中国画篇"只是其中一部分。今后，我们将陆续出版油画、版画、雕塑等各个领域的画家作品，以体现当代中国美术家领域的宽广性和广泛性。

我们十分感谢入编的各位画家，他们为本丛书的编撰和出版耗费了大量的心血，做出了艰苦而卓有成效的收集和整理工作。我们正是在这一基础上，才完成这套书的编撰。

此次，中国美术创作院和华艺出版社在合作出版上走出了一条美术专业机构和出版机构相结合的新的道路，此路使艺术家更广泛深入地走进了广大人民群众之间，今后，我们还将沿着此路继续发展下去。

另外，我们也要感谢中国民族博览杂志社、北京佳龙拍卖有限责任公司、北京三哲文化发展有限责任公司的通力合作，在此致以谢意！

由于学识所限，本套书的编撰定有不当之处，敬请大家批评指正，以期在再版时予以纠正。

《当代中国美术家档案》编辑部

序

　　中国美术创作院和华艺出版社共同推出大型系列丛书《当代中国美术家档案》，这是一件非常有意义的工作。

　　中国画的发展进入了一个新的历史时期，系统研究中国画创作的现状和代表性画家，有利于推动中国画的发展。近几十年来，中国画经历了大变革、大发展的转型历程，当代中国画在传统中国画的基础上已经发生了很大的变化，形成了自己鲜明的时代特征。这种变化得利于当代画家对传统精神和文化根源的深入挖掘，更得利于他们对当代精神和文化现状的领悟和创造性劳动。

　　五十位画家的个人档案，组建成一个当代中国画研究的平台。从每一位画家的详实资料中，可以看到近些年中国画发展的脉络，看到中国当代画家们在浪涌波翻的激流中怎样与时俱进，看到他们怎样去探索传统文化的深层基因和表现新生活的强大愿望。把这么多个梦集中起来，积点成线，如线穿珠，对中国画的新发展会看得更清，可以帮助我们从宏观上去思考，这也是我们编辑出版这套"档案"型丛书的初衷。

　　至于每一册书，我们力求全面和立体，从整体上把握和了解画家的观念、创作，以及与其艺术成长有关的方方面面。因为在一个画家漫长的艺术道路上总会有几次重要的选择——在众多的美术风格和艺术个性及技法表现上都有着发展轨迹可循。探索这些，只从画上是难以全面认识的，我们还要从画面之外，从画家的思想、言论、生活、经历等方面来进行全方位的研究。

　　"画如其人"、"画品人品"这些在中国画论中经常提及的问题，也是我们研究一个画家的切入点。因此，画家的出身、经历、学养、性格、交友等也都应该成为研究的对象。

　　我曾经在所著《花鸟画创作教学》一书中提出了个案研究的七项内容：①时代背景；②代表作品和创作风格；③重要著述；④创作理论与艺术主张；⑤艺术风格；⑥主要承传及其影响；⑦在画坛上的位置与重要贡献。此系列丛书正是基于这样的思考，将美术家的作品作为他人生的一部分加以展示。书中选用了大量的文字，有画家自述的观点，也有他人的评说，有理论的总结，也有经验的介绍，有创作的草稿，也有写生的素材，另外还有画家的个人生活照片，力求比较立体，比较全面地反映画家的艺术和生活，以便为对当代中国画家的研究提供详实的资料，也为关注这些艺术家的爱好者们打开一个窗口，让公众走进美术家的生活。这套"档案"正是一种互动交流，将有助于公众加深对画家的认识和对作品的理解。

　　我相信这套丛书的出版，将会受到画家和公众的喜爱，这是我们社会发展的产物，也是推动艺术发展的需要。几年前，出版这样一套祥实的档案，还只能是一个奢侈的梦。现在，洋洋大观的系列丛书的出版，将真实的记录下我们这个时代中国画发展的现状。

2004 年 10 月

作品图版目录

dangdaizhongguomeishujiadangan
tianlimingjuan
zuopintubanmulu

阳光　85cm × 110cm　1993 年　15

16　　澄明　46cm × 46cm　2003年　水墨

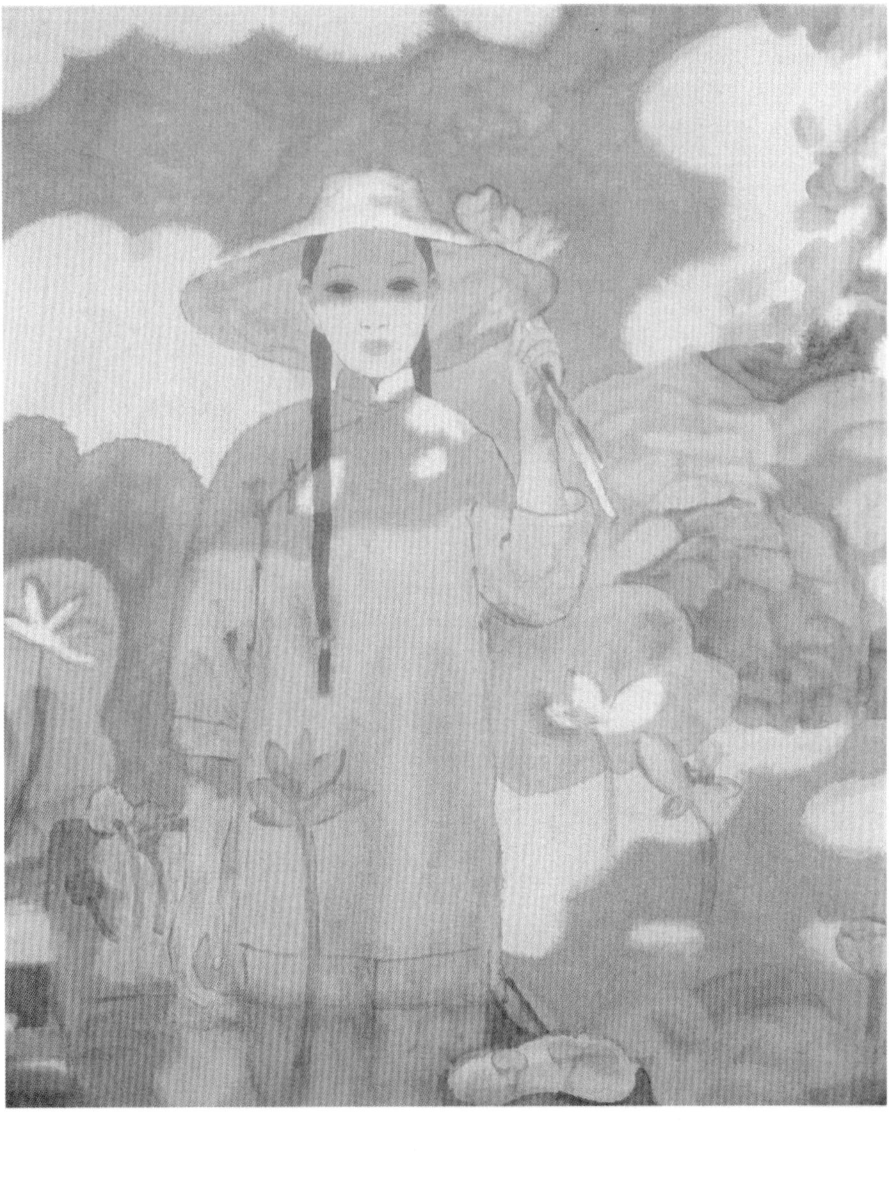

阳光　70cm × 69cm　1993年 宣纸 · 水墨设色

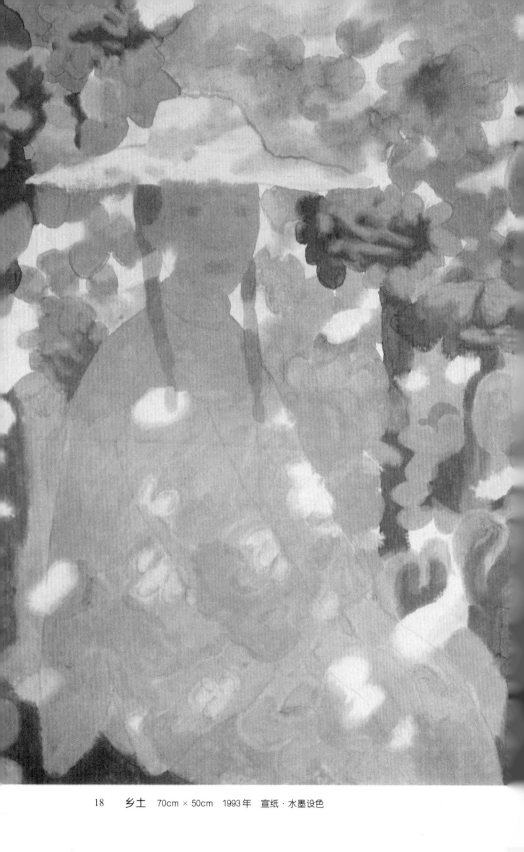

18　　乡土　　70cm × 50cm　　1993年　　宣纸·水墨设色

泳者　90cm × 170cm　2002 年　宣纸 · 水墨设色　19

20　　水波　170cm×90cm　1996年　纸本

水波（局部）　21

22　阳光　70m × 50cm　1994 年

蓝天　70cm × 50cm　1994 年　宣纸·水墨设色

聚　69cm × 139cm　1993 年　宣纸·水墨设色

26　　山上的风　120cm × 80cm　1996年　宣纸·水墨设色

阳光（习作）　　120cm × 90cm　1994年

28　三个泳者　160cm × 90cm　1996年　宣纸·水墨设色

山野　69cm × 139cm　1995年

　远山　90cm × 110cm　1997年　宣纸·水墨设色

夏日游泳（习作）　69cm × 139cm　1993年

32　　秋红　70cm × 50cm　1993年　宣纸·水墨设色

34　　三月　70cm × 55cm　1993 年

光　　160cm × 90cm　　1996 年

36 　湖（局部之二）

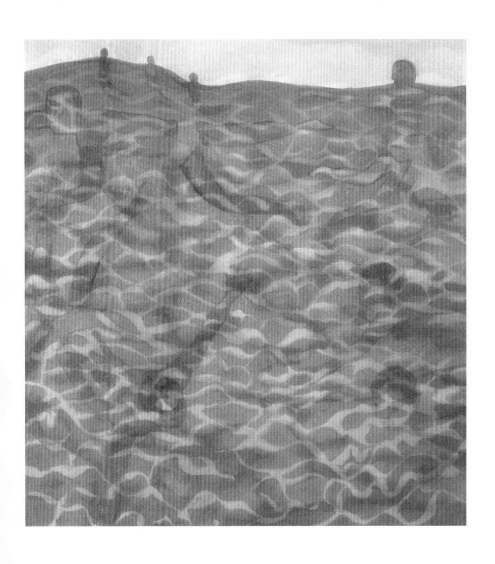

游泳　139cm × 70cm　1993年　宣纸·水墨设色

38　　寂　　68cm × 70cm　　1987年　　宣纸·水墨设色

40 雨新 68cm × 70cm 1997年 宣纸·水墨设色

山林　69cm × 70cm　1987年　宣纸·水墨设色

42　野　35m × 35cm　1988 年

课堂写生　100cm × 90cm　1982年　宣纸·水墨设色

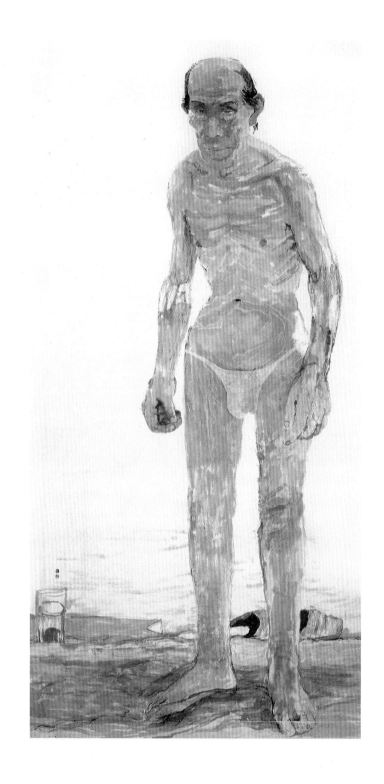

44　　课堂写生　139cm × 70cm　1999年　宣纸·水墨设色

46　　课堂写生　140m × 69cm　1991年　宣纸·水墨设色

课堂写生（局部）

48　课堂写生　139cm × 70cm　1990年　宣纸·水墨设色

50　　课堂写生　100cm×45cm　1983年　宣纸·水墨设色

课堂写生　　100m × 70cm　　1984年　宣纸·水墨设色

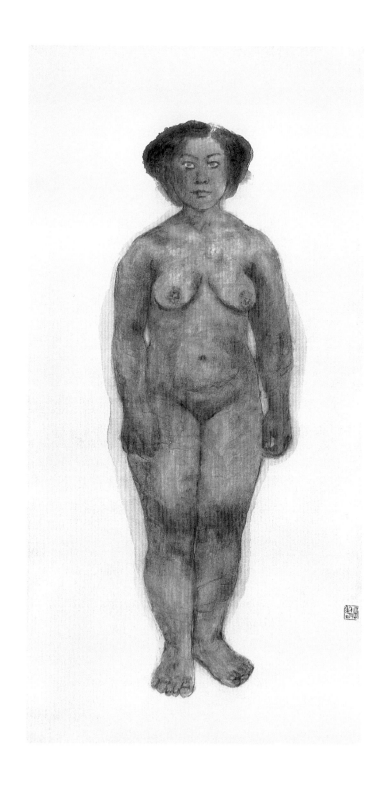

52　课堂写生　139cm × 70cm　1988年　宣纸·水墨设色

课堂写生 139m × 70cm 1988年 宣纸·水墨设色

　课堂写生　139cm × 70cm　1999年　宣纸·水墨设色

夏日　100cm × 90cm　1996年　宣纸·水墨设色

56　草原　180cm × 90cm　1987年

60　　碑林（草图）　　200m ×   1962年　宣纸

64　坤　45cm × 38cm　1989年

金　48m × 48cm　1989年

66　湿　48cm × 48cm　1989 年

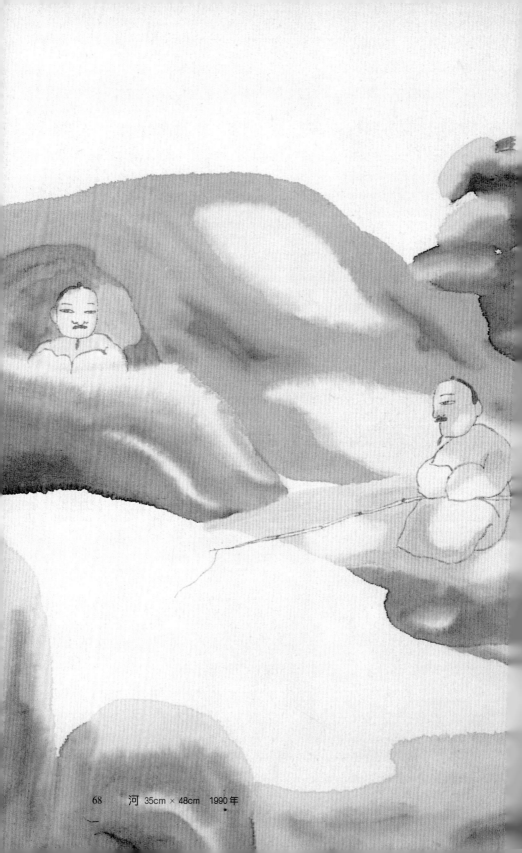

68   河 35cm × 48cm 1990年

松　35m × 48cm　1990 年　69

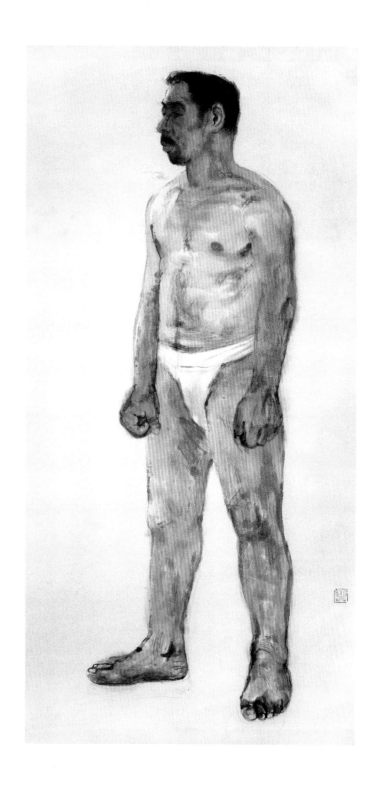

70 　课堂写生　139cm × 70cm　1997年　宣纸·水墨设色

教室下午三点半　139m × 69cm　1989年

72　小河　48cm × 60cm　1988年

积　35m × 35cm　1988 年

阳光下　48m × 55cm　1990 年　75

76　在山水中　45cm × 56cm　1990 年

泉水　46m × 46cm　2003年　水墨

78　木　35cm × 46cm　1990年

霜　41m × 41cm　1990年

80 　清 　42cm × 56cm 　1990年

82　秋阳　70m × 55cm　1993年

84　秋　42m × 56cm　1990 年

烛　38cm × 40cm　1991年

清凉　70cm × 110cm　1993年

88　　水上阳光　42m × 56cm　1990年

90　种子　85cm × 110cm　1991年

空间　42cm × 56cm　1991年

90　种子　85cm × 110cm　1991年

雪山（局部）　180cm × 180cm　1997年　纸本设色

92　　人体习作　139cm × 70cm　2000年　纸本

人体习作　139cm × 70cm　1987年　纸本

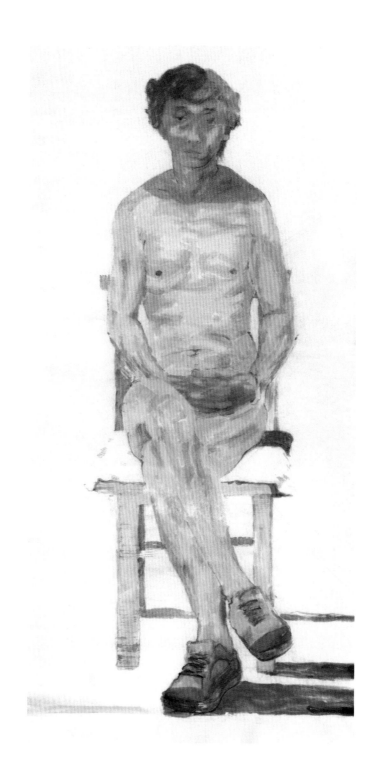

94　　人体习作　139cm × 70cm　1998年　纸本

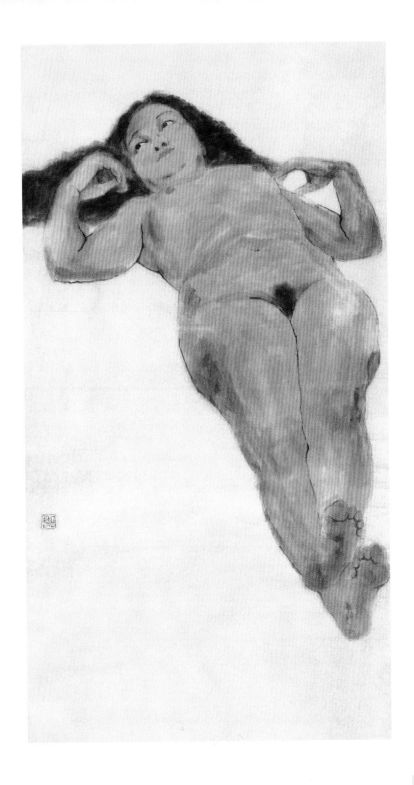

　　人体习作　139cm × 70cm　1997年　纸本

人体习作　139cm × 70cm　1998年　宣纸·水墨设色

98　　人体习作　139cm × 70cm　1999 年　宣纸·水墨设色

人体习作（局部） 99

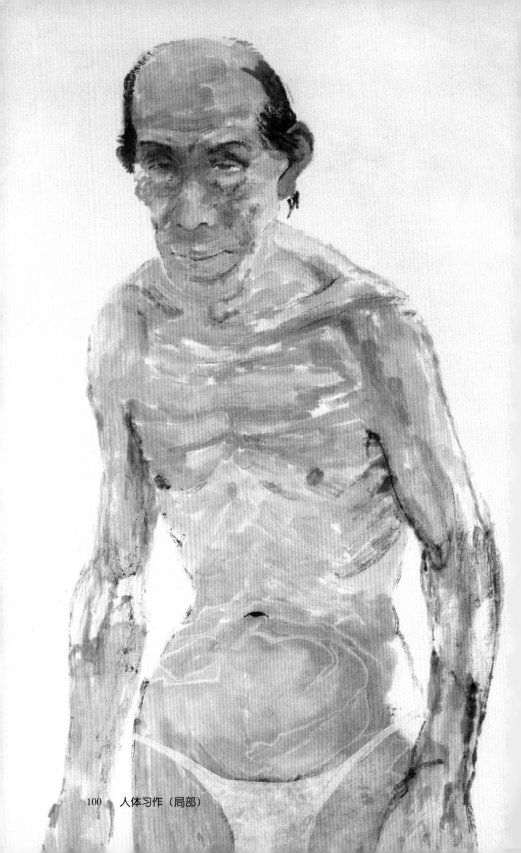

100　人体习作（局部）

人体习作（局部）

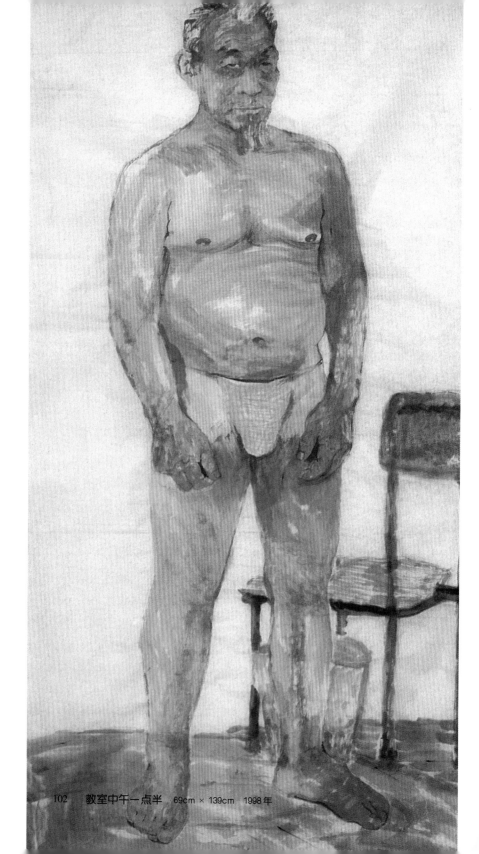

102　教室中午一点半　69cm × 139cm　1998 年

课堂写生　69cm × 139cm　1999 年　103

104　空气（局部）

习作　60cm × 35cm　1983年

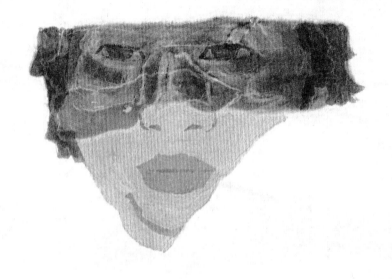

雪域净土（习作4·局部）

110　　雪域净土（习作２）　210cm × 150cm　2001年

雪域净土（习作1） 210cm × 150cm 2001年

112　雪域净土（第二稿）　210cm × 150cm　2001年

都市河道（习作）　56cm × 42cm　2002年

116　西藏阳光　210cm × 150cm　2001年　宣纸·水墨设色

雷锋　180cm × 90cm　2001年　宣纸·水墨设色

118　**上早班的中年人**　139cm × 70cm　1998 年　宣纸 · 水墨设色

午间休息　150cm × 70cm　1998年

120　都市男孩（局部）

122　　都市（习作）　42cm×66cm　2002年

吃汉堡的女孩　139cm × 70cm　1998年　宣纸·水墨设色

都市的河道　70cm × 139cm　2001年　宣纸·水墨设色　125

　都市之夜　70cm × 50cm　2001年　宣纸·水墨设色

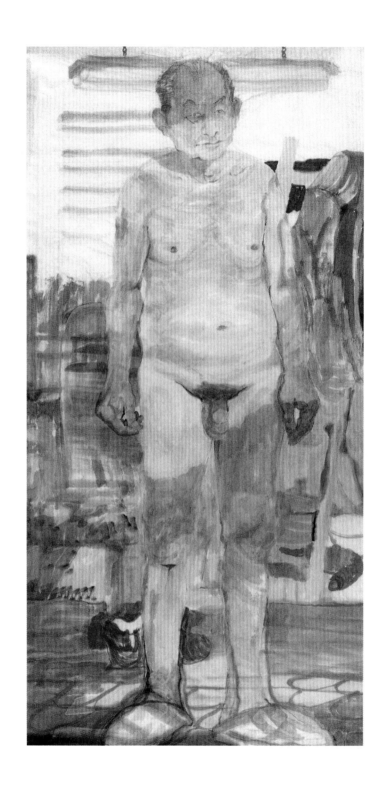

128   课堂写生   139cm × 70cm   2001年   宣纸·水墨设色

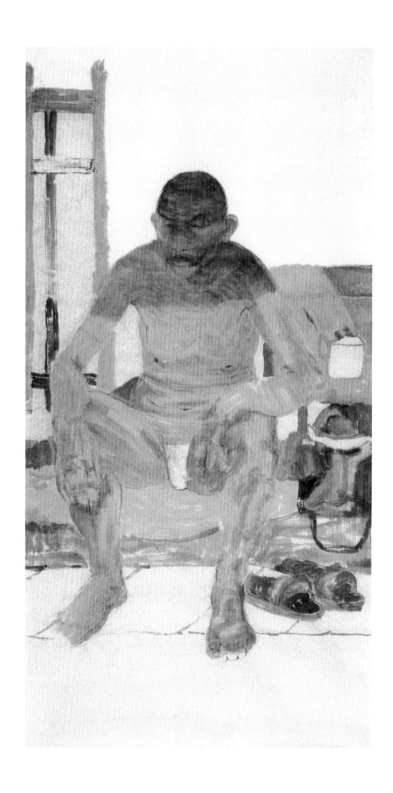

130　**人体写生**　139cm × 70cm　1999年　宣纸·水墨设色

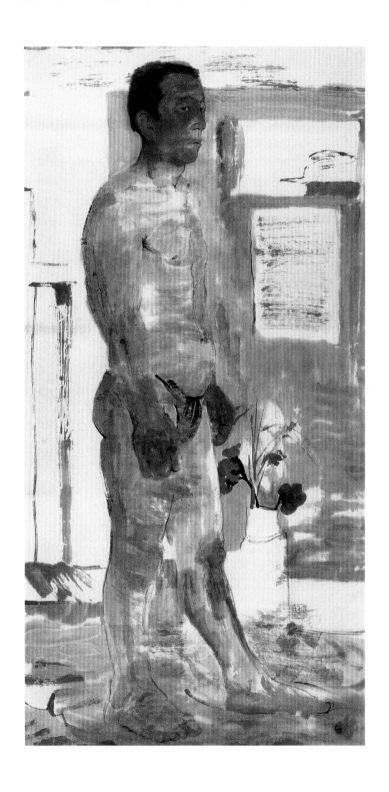

课堂写生　139cm × 70cm　2000年　宣纸·水墨设色

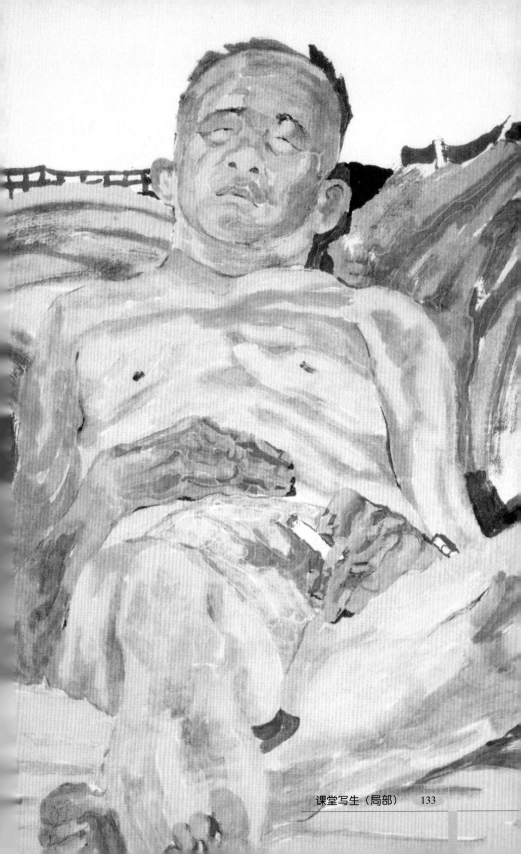

134　都市假日　280cm×210cm　2000年　宣纸·水墨设色

季节　46cm × 46cm　2003 年　宣纸 · 水墨设色　135

都市假日（局部1） 137

140　空气　68cm × 140cm

142　从乡村到都市的女孩　69cm × 46cm　2003 年

144 蓝色的记忆 70cm × 50cm 2001年 宣纸·水墨设色

146　都市人（局部）

都市女孩　69cm × 46cm　2003 年　147

148　日光浴　70cm × 40cm　2002年　宣纸·水墨设色

清清的小河　48cm × 48cm　2003 年

150　三个男孩　48cm × 48cm　2003 年

152   喝红酒的女孩   70cm × 40cm   2001年

和风　70cm × 50cm　2000年　宣纸·水墨设色　153

童年　50cm × 70cm　2002年　纸本　155

156　都市郊区　46cm × 70cm　2002年　纸本

都市空间系列　70cm × 48cm　2003 年　纸本水墨

158　空气　46cm × 46cm　2003年　水墨

过路　70cm × 50cm　2003 年　纸本　159

160　　人行道上的男孩　70cm × 50cm　2003年　纸本

162　路边　70cm × 50cm　2003 年　纸本

过马路的人　70cm × 50cm　2001 年　163

164　　有大窗户的房子　70cm × 50cm　2003年　纸本

花房中的女孩　70cm × 50cm　2003年　纸本　165

166　汽车时代　69cm × 46cm　2003年

高士卧冬（册页图）　　35cm × 40cm　2002年　宣纸·水墨设色

168　　高士卧冬（册页图）　　35cm × 45cm　　2002年　宣纸·水墨设色

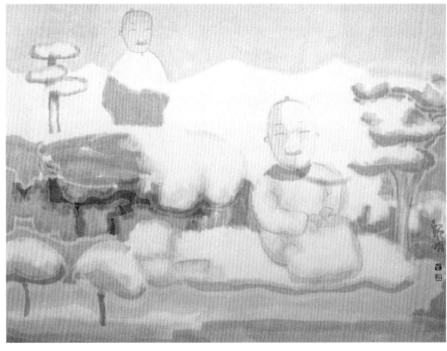

　上：照　下：泉　35cm × 45cm　2002年　宣纸·水墨设色

172　宿　35cm × 45cm　2002年　宣纸·水墨设色

高士夏凉（册页图）　35cm × 45cm　2002年　宣纸·水墨设色

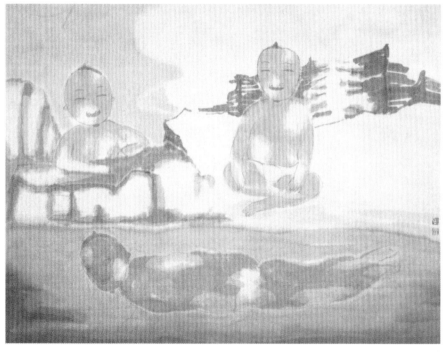

174　　高士夏凉（册页图）　　35cm×45cm　　2002年　宣纸·水墨设色

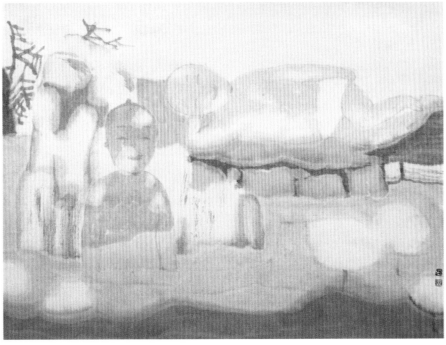

高士夏凉（册页图）　35cm × 45cm　2002年　宣纸·水墨设色

　高士夏凉（册页图）　35cm × 45cm　2002年　宣纸·水墨设色

178　　　写生　130cm×70cm　1987 年

写生　　169cm × 68cm　1999 年　　179

181

182　　老河　180cm × 90cm　1987年　宣纸·水墨设色

184　　绿色的河　180cm × 90cm　1987 年

上：河上阳光　68cm×169cm　2001年　　下：小河　35cm×48cm　2002年

　远山　48cm × 48cm　2002 年

飘浮　48cm × 48cm　2003 年

188　山泉　48cm × 48cm　2003年

山风　48cm × 48cm　2003 年

190　山雾　48cm × 55cm　1988 年

山岚　160cm × 60cm　1988年

192　日常　46cm × 46cm　2003年　水墨

画室

曾在军营

● 田黎明

只有经历过的时空才能体味到时光的美好。在部队经历的点点滴滴的小事就像四季中悄然而去悄然而来的微风，常常唤起我怀想那曾在军营的日子……

政治部主任

三个月的新兵训练生活就要结束了，一位大胡子首长来到新兵连找我谈话。他耐心而亲切地细细问着我的一些情况，而我的心思几乎没有放在谈话中。我紧张、激动地看着他那宽厚的微笑，第一次感到自己长大了许多。一周后我被分配到机关电影队，这位首长就是政治部主任。

连指导员

我下连当兵，住在连部，白天与

戎装在身 （摄于1980年）

战友们一起修路，晚上参加点名和学习；到了周六和周日晚上，指导员就拉我与他下棋。指导员喜欢走快棋，每当这时，我是盘盘皆输。棋下得多了我好像找到了窍门，我便下慢棋，这一慢指导员可就急了，他越急我越坚持下慢棋，有时一步棋我要想十几遍。就这样我才有赢的时候。指导员爱唱歌，我也喜欢唱，在山上我们常一起在傍晚的时候面朝山口放开嗓子，那其实不是唱，而是喊，是吼。

一个多月后我要回机关了，指导员在送我的路上就说了一句话："小田，我们是好朋友。"我记得指导员比我大11岁。

老 兵

南方的秋季很美。我们乘"130"军车把样板戏的影片送到连队去。队长坐在驾驶室，我和一位搭车同连队的老兵在车上面。汽车驶过市区在郊外的田野上奔驰。我和老兵不熟，没有话说，我们手扶着车顶边的车栏，迎着柔和的秋风，此刻我完全醉心于美好的风景中。突然一只大手把我的头猛地往下一按，我一惊，回头只见路上横出一条粗铁丝拉在路两侧的大树上。好险呀，我吸着凉气看着老兵，老兵朝我憨笑了一下，没有说话。天黑了，连队的操场上在赛歌。电影开始了，电影结束了，老兵的样子我也模糊了，而时间越久老兵那憨憨的温馨的感觉却在我心底越发强烈。我想念老兵，想念那位我至今不知其名的老兵。

战　友

在冬季的戈壁上行走真是风寒路远。我们的放映车又在大戈壁上抛锚了，司机忙着修车，我和战友小王帮助干这干那。大约过了20分钟，小王一下大叫起来："耳朵不在了，耳朵被冻掉了！"我和司机都呆呆地看着他，耳朵在呀，他怎么啦？小王哭了起来，来回跑动着还在叫唤耳朵没了。原来小王没有放下帽耳，他的手和耳都被冻麻了，失去了知觉。

此时我和司机围着小王，用嘴哈出热气来暖他的双手，一会儿小王的耳朵有了感觉。车又上路了，小王咧着嘴笑了。

放映员

到电影队两年多了，一次队长让我单独带新兵小李执行放映任务，谁知电影放到一半机器出了故障，喇叭不响了。我拆开机器折腾得全身是汗，站在一边的小李干着急，到底我们还是半途打道回府了。一年以后一次外出放映又是我和小李，这回赶巧电影放了一半机器又出了故障，多亏小李才救了场。那以后队长再也没敢让我外出独立执行放映任务。

英　雄

姚虎成是军委命名的"雷锋式的好干部"。我见过他两次，一次是在从乌鲁木齐到乌苏的长途班车上，我坐在班车的中间，别人告诉我坐在前排第二个的是姚虎成。到达乌苏用了近十个小时，他捧着一本《列宁选集》几乎看了一路。他身边的战友曾几次劝他不要看了，说看了也用不上，姚虎成总是微笑一下又继续看。第二次是在一次部队召开的基层干部会上，晚饭后我正好经过食堂，见到姚虎成帮助食堂人员收拾碗筷。后来姚虎成因公牺牲，每次想到我见过的姚虎成，我就觉得做人要脚踏实地，做事要一心一意。

战　士

当年在陕西韩城有一支煤炭部队，一次我们创作小组来到这里体验生活。在40多米深的井道里，尘灰飞扬，烟雾呛人。看到许多战士不戴防尘罩，我问他们，战士们说戴着它打钻机不方便。看着战士们身上的汗、灰、煤粉和小背心贴在了一起，形成一条条一块块的黑斑纹，我心里异常激动。在这种氛围里我和同事们索性把防尘罩也拿掉了，一边试着操作钻机，一边大口吸着煤尘。不到5分钟，我和同事的手、臂都被震麻了，耳也半聋了。而我眼前的这些兵却长年这样地热血沸腾，这样地拼命，我被他们感动了。随着岁月的增长，战士的纯净就像清清的甘泉，一直无声无息地流淌在我的心底。

怀念卢沉老师

● 田黎明

天地苍茫，群山静穆，时光流逝，先生远去。清明，我们来到卢沉老师故居，面对昔日情境，无语思念，许多往事涌入心头。老师平日的心性与自然同在，若水之善，宽阔、包容、沉积、净化、给予、滋润一切。

我还记得二十世纪九十年代初卢老师和周老师给我看画时的情景。那一年春节刚过，周老师患类风湿，身体每况愈下，由关节肿胀发展到关节畸形，疼痛难忍，活动受限。周老师每天坐在轮椅上依然如常，似乎在疼痛中体味着笔墨的清凉。为了有更多时间照顾周老师，这一年卢老师提前退休，为周老师四方奔走，寻医治病。九十年代初正值卢老师、周老师人到中年，两位老师深怀着中国文化精神的人生价值观，将感情和信念依托在自己热爱的教育事业和中国画中。然而，谁能想到事业旺盛的周老师身患重病，卢老师提前退休，这其中的苦楚许多老师和学生都感觉到了。这一时期学生们常来看望两位老师，也拿着画请教卢老师。每次卢老师都腾出时间认真分析学生画作，周老师只要能站起来也一起看学生的画。那一年春节，作为卢老师的研究生，我即将毕业，我拿着几幅正在摸索有阳光感

在卢沉老师身边

的小画向两位老师请教。我把画分开铺在地上，谈着自己的想法和有困惑的问题，两位老师像中医号脉一样，由近及远，又由远及近，通过类比和寻找画面结构来发现问题对症下药。周老师说："这种画法还是画现代题材好，画面上光点与西方光点要拉开距离，这要从文化上来认识。"卢老师又谈到："画面不能只一味追求光感，还要注意形式的内涵。你的画面虽淡一定要厚，厚有多种方法；积墨、积色，还有刚与柔、抽象与具像的比较等。"卢老师和周老师简洁的讲述从发现问题到指明方法，以"万殊归理"的方式通过对规律的掌握举一返三，使我深深受益。卢老师在课堂上常谈到："画面和观念性是一种结构。对其结构的认识，关键要发现它才能引出形式的内在规律。"卢老师在讲课中总是列举东西方许多经典之作，细细的品咂，学生问，老师答，这让学生们在听课中常有豁然开朗的感觉。这种方式使我和同学们在日常生活里能不断地去咀嚼其中的道理，从而领悟艺术的真谛。

我在一九八七年的笔记中记下了这样一段：今天去换煤气，由于人多需要耐心等待，一等近三个小时。空

人生的轨迹
——与卢沉老师在一起

春节拜望卢沉老师 （摄于2000年）

闲中我看到院内一棵树，感觉很入画，我以画面结构来分析它，由于树与周边环境不协调，它只好沉默于此，这里我想到画面结构不是局部，而是从艺术整体意识出发的。树本身美，而与环境不融，它就不能唤起人们的审美联想，若高山之松与巨石相融，能唤起人们对挺拔和坚硬的一种体验，不论是平视、仰视、俯视，挺拔之气息已成为审美空间。孤立的局部，脱离整体，气象就难以上升为精神空间。卢老师强调的画面结构，是以审美为前提，所以，古人为什么要行万里路，读万卷书，通达与审美已成为一种境界的结构。我们常犯一种毛病，在生活里很容易被一座山、一块有形状的石头、一棵树、一个人物形象所吸引，但画出来又不属于自己感觉的东西，这个问题正是卢老师讲的缺少一种艺术结构的整体观照。

卢老师在讲课中用最简单的、最不艰深的语言表述出课程内容的意义，这让我们在学习中国画过程中知道如何经历和体味其中文化空间。卢老师常说："去发现问题最重要，找出问题原因，用规律把你熟知的事物、作画的经验、文化的积累细细梳理，并能比较准确，让人可信地画出你的感觉。"在我拿给卢老师看的画中，很多时候听不到卢老师对你的夸奖，卢老师只要发现画面有问题，尤其当造型与格调出现圆滑倾向时，卢老师会给予父教子一样的严厉批评，他语气坚定的说："这不是形的分寸得失，而是事关艺术格调的大问题。"卢老师以"己欲立而立人，己欲达到达人"的儒家人格，一心一意对待所有为学而来的学生。就在卢老师病重期间，他还接受邀请参加学生展览的开幕式。那一天我们应邀而来，大家在展厅中聊天，卢老师走了过来，我们没有想到卢老师在化疗后还来看学生们的画展。卢老师站在每一件作品前认真

看，先听作者讲，卢老师再认真讲述。一个多小时过去了，卢老师累了，坐在展厅里休息，凡来问候卢老师的学生和友人，卢老师都站起身来与其握手交谈，许多人还不知道卢老师是一位重病人啊！卢老师对学生心灵的呵护体现了他的信实、宽厚。

在我调入美院过程中，清楚记得卢老师在教室的走廊问我想不想留在国画系当老师，你要同意就跟着我当助教。我当时很激动，最敬仰的老师能这样平易的来征求我的意见，这是我想也不敢想的。卢老师为人没有高低之分，他帮助人时的感觉就像在疏导人的情绪一样。由于我的调动受到单位的阻力，卢老师急的不行，一面要找我的单位去评理，一面又来安慰我，帮助我再想办法。这期间刘勃舒老师、黄润华老师、谢志高老师、曾善庆老师都为我的事操心和奔走，对他们的感激之情一直伴随在心里。到国画系当老师以后，我画了几套连环画，用不同画法尝试着画面形式摸索，卢老师鼓励我这样画下去，要在造型和形式语言的摸索上多花力气。一九八八年我画一组水墨肖像，是以红、黄、兰为色调的没骨人物，卢老师说方法虽重要，但不能停在一种方法上，要把方法变成一种积累，要开拓累积，面向生活，面向朴素之道。

卢老师特别鼓励学生的创造意识，要不停歇，向前走，不要沉溺于眼前的效果而忘记了艺术的本质。他告诫学生，如果你因为画一条线而满足，就从这一条线开始谈，由效果渐自转向人生体验；如果你对笔墨的一种方法沾沾自喜，就从笔墨意象的文化延续来谈笔墨的生命气息。卢老师在课堂上对学生们作业和创作着重的不是一二幅效果如何，而是艺术创造精神是否能在你的内部贮存和延续。卢老师遵循儒学"格物致知"的思想，为人淳厚，心性澄明，他对待学生从不浮光掠影。在卢老师身边，聆听老师的教诲，没有压力，感觉清爽。

卢老师恪守中国文化思想，他多次谈到："笔墨问题上，我口头是改革派，行动上是折中派，骨子里、感情上是传统派。"二十世纪八十年代中期，卢老师在水墨画教学中提出了"在现代的基础上发展"的思想。从文化整体认识出发，以现代基础衔接对传统基础的继承，立足中国文化精神，从容面对历史、现实、群体、个性，是他一贯的主张。他思考着继承与创造的衔接点以怎样的教学方式来把握，于这样一个思路中，卢老师在他的工作室开设出"水墨人物写生"、"水墨小品创作"、"水墨构成"、"人物造型"等课程，其中小品创作

课，重视人物与环境的生存关系。卢老师要求画面人物造型严谨，趣味均以自然为度，强调书法笔意，笔墨从花鸟、山水、民间剪纸、古代雕塑，以及西方现代经典绘画中吸收，重视构图，画自己熟知的生活，画幅要小，小而多样，可反复，借用背临方法学习笔墨。多试验、少框框压力小，既便于形式感觉的发展，也丰富了对传统学习的过程。学生练习中开始是胆子大、画的多、成样少，课之延伸，学年递增，学生在画面上的感觉渐自多了起来，独立思考的过程增强了，画面形式分析能力有些自信了，对笔墨的认识开阔了，对经典作品有一些理解了。虽然小品创作仅有四至五周课程，学生却可以把自己的经历与文化认识联系起来，形式表现生活，生活创造形式这一理念渐渐积淀起来。小品创作课在当时是一门新课，它对笔墨形式规律的踪迹向当代人文形态的过渡起到了重要的作用。卢老师说："笔墨的现代形式并不重要，而笔墨在当代文化中的精神价值如何确定是值得研究探讨的。"水墨构成课与临摹课是先后并置的，一边学习传统，一边学习形式。水墨构成课课时不多，记得卢老师在课程内容上作了二个步骤，第一是讲述画面形式构成原理，尤其在中西文化理念上下了

大功夫。我看到卢老师拿着厚厚的背课手册，每讲一次，卢老师都通过中国绘画形式的内涵与西方绘画形式构成的比较，列举出传统绘画与西方绘画视觉的文化特质。卢老师常以贯休、马远、八大、金农和现代齐白石、黄宾虹、李可染、崔子范的作品作为范画，同时也列举西方的克利、米罗、波洛克以及古典画家米开朗基罗等。第二步做作业，从中西经典作品中寻找符号作为素材，引入情绪，心性称之为结构状态，而后进行水墨自我价值的反省和精神空间的确立。短短的课程，把笔墨重构，点、线、面形式要素抽象为画面的情境状态，使笔墨成为一种有意味的创作思路，这增添了创造性乐趣。对笔墨符号的重新认识，是借笔墨形式语言再进行"温柔敦厚"的体验或触动"意中之神理"。短短的课程，也把西方有意味的形式通过水墨的转换，从视觉心理关注，把形式存在的意义沿着心理发生的线索做出选择。

远山

　　卢老师在教学中，总是想办法让学生在学习过程中产生艺术创造的自觉意识，建立起艺术发展规律的理念，从有方法开始，把这一个分析为那一个，再放到生活经验和理念中，融为自己感悟的这一个"形式"的语言。卢老师常说："教学不能只是教方法，更重要是教思维方法，教艺术规律，开拓思路，打通眼前套路的障碍。对现代艺术各种形式，应抱宽容的态度，允许实验，允许探索，艺术是一个人的精神产物，每个人头脑不一样，各人都有各人的创造自由。"

课的延伸显现文化的扩展和深入，由于文化空间的形成，即可以决定一条线所在的位置和内涵，也可以确定一条线的精神指向和一个抽象符号的精神外延，而画面的品格更是由文化空间来决定的。从画面中的印迹到画外的人生经验，从画面的笔墨内涵到画外的人生境界，这些由技进道的过程，在卢老师看来，路的过程会有盲然，但方向会包容盲然，因为它属于生命意义中的一部分。证明了这样过程才会逐渐沉淀出清晰的文化理念。卢老师在水墨写生课里把这一理念充分的提供给学生，针对写生中许多细节问题来检验。面对模特是面朝自然，一日画一幅却练就的是百

日画一幅，画什么固然重要，但如何体验什么更重要，卢老师把写生当写生命来做，在每一幅写生中借助对象来发现适合传递笔墨的创造特性，从对象中追寻造型与文化体验的品格，以此确定造型意味与笔墨结构。卢老师在写生中常凝视对象许久才下第一笔。这一笔不以物象为摹本，而又缘自物象，由单一形象空间转向多维的笔墨空间。卢老师在写生中倾心于书法空间的因缘，形是线，线即是形，传递着笔墨的可感性，也确认着笔墨中的原形。我们往往习惯于人物的写生经验，在卢老师的笔墨里，已经把这些经验发展为一种笔墨空间的结构，从客观表现走进了审美的感觉空间。我渐渐体会到：卢老师的写生逐自顺从心底积蕴的笔墨文化，借有感而发，使画面像生命一样生长。这其中如何落笔，也正是如何去领会老子学说中一和道与画面之间的联系问题。传统文化讲的"天人合一"，其

中就有协调之精神，庄子齐物论也讲到生命是平等的，即有对象之存在，也有主体之存在，二者不可少一，而"水"一样的文化理念是二者和谐之所在，从写生变"重形似为重胸臆"是画面生命之所在。卢老师许多写生作品中包容了传统文化的空间，造型博大，基于淳古；线条率真，以书为韵；结构流畅，意在自然。卢老师由表及里来体会写生的意义，他深厚的写实功夫和清澈的文化涵养，来自他在生活处境中体验生命的同时，看到了与生命同步的笔墨世界。这里蕴含着自然天真的气息，站在以物比德的空间里，我感到卢老师的写生艺术和艺术思想在闪烁着上古文化精神的光环。

二十世纪九十年代初，卢老师为进修班几十名同学作写生示范，每一笔都像对待创作一般，不草率，不浮躁。卢老师把对象看的很神圣，他虔诚的精神发自内心。当画到老人的手，此时是画面的底部，卢老师没有向上移动画纸，索性就半跪在冰凉的水泥地上画下来。十几分钟过去了，教室里的寂静中有一种感动的气息，这使我体会到从事艺术生涯是返璞归真的过程，不在于你能画好一幅画，而是你的艺术心性是否认真踏实。老师在教室里给学生作示范是常有的事，而能传达朴素的气息，是一种人格的力量。儒道文化讲道心，忘掉自我，重在给予，"欲修其身者先正其心，欲正其心者先诚其意"。艺术不看本性重心性，生命不重自我贮境界。如果说朴素是一种大美，而朴素的人则是在自然中生长的。卢老师就是一个朴素的人，他心胸坦然，思辩广阔，他常常提示我们，把体验文化的整体性与个人生活经历结合，主张从"穷理尽性"到修身正心，正是笔墨积而成境的过程，以此流露出生活之醒悟、生命之精神、精神之印迹。在卢老师身边常有深呼吸的舒畅，人变的纯净了。每当我在面对画面的思考中，或是从生活中常常静想之时，就反省自我更多。在一次活动中，一位部队同志拿着一本册页请卢老师写字，卢老师很为难，感觉在这种场合下写不好，希望拿回家写，这也是我第一次见到卢老师面对的窘况。在部队同志的坚持下，字写了之后，卢老师一再提到字没有写好，静不下来，应该拿回去写。在我的印象中，卢老师自1989年退休之后，极少外出参加这样的活动。

卢老师居住于离京城几十里的远郊。北方的平原散发着浓郁的乡土味。卢老师在庭院种植了青竹、金银花、紫藤、葫芦等，每到春秋之季，轻风拂来，绿叶旖旎，青砖小道，花草盈阶，草中置有盆荷，鲜绿浸透，盆荷四周伴有葫芦，朋友来了，随手可取，葫芦密布，延至画室，画室正墙挂有拓片，这些北魏的碑体显现出无名书写氏的槃若和境界，深厚高博的书体历经沧桑直涌人心。卢老师天真质朴，自然喜欢单纯、遒劲天成的上古艺术。画室侧墙挂着水墨草图、写生稿，沿墙向上，天窗明净，白天阳光灿烂，夜晚月光朗照。卢老师手执蒲扇，穿着背心和中式大短裤，踩一双布履，坐一把藤椅，作画、习字、读书。点蚊香、去蚊虫，听窗外蛙声一片。每至冬日，北方一片圣洁，春节到了，我们一群学生同卢老师一起放鞭听响，仰看冲天炮。卢老师点一响，学生点一响，看卢老师和学生点炮的认真，看学生和卢老师回跑中的童趣，看卢老师和学生捂耳仰面的开心，我们寻找着自己最熟悉的童年印象。我们和卢老师共同分享着快乐。然而我们怎么也想不到病魔正在无情地侵入卢老师的体内，大家都陷入了悲痛沉郁之中。院领导、美术界领导、友人、学生经常来看望卢老师，孩子们天天守护在父亲的身边。手术半年后开始做化疗，这时期卢老师头发全部落光，潘院长、杨书记来看望他，卢老师一边摸着自己的光头，一边幽默的说这回像一个老大的样子了，大家都笑了，笑的很辛酸，笑的有些苦。

卢老师化疗后在家中休养。正值春节期间，我们一群学生陪卢老师来到京郊长城脚下，卢老师带着一顶旅游遮阳帽，穿着羽绒服，顶着寒冷的北风，登上了十几级台阶，我们围在卢老师身边，一起远望群山。休息一会儿再上几个台阶，卢老师与身边的学生们一边聊天，一边询问每个学生的情况，卢老师问我："你的腰好一些没有，爬长城行吗？"当时我心底充满了温暖的感觉，在这辽阔的长城

上，卢老师把自己看的很淡很淡，全然没有自己，病中的卢老师还像慈父一样惦念着学生们的成长。在卢老师病重的日子里，我和几名学生去看望他。这时卢老师由于气跟不上，说话发不出声音，我们贴近卢老师，卢老师坐在木椅上用微弱的声音说，你们聊我听着。我们尽量说一些有趣的事、新鲜的事给卢老师听，讲着讲着，卢老师坐着睡着了。这是病情使卢老师不能平躺睡觉，只能半卧半坐着睡。每到晚上，病情使卢老师疼痛难忍，根本无法入睡，他就拿着案头书看一会儿，到了白天就坐着睡一小会。记得十一月的一天，我们去医院

陪卢老师散步晒太阳。卢老师一边活动身体一边按气功方法做着呼吸，卢老师说："现在我找到一种自由的活动方法，呼吸和动作有些协调了，要是画画能这样自由就好了"。儒道文化里追寻的是天人合一境界，卢老师把生活中体味的东西与艺术思想放到一起，这已成为老师的习惯了。在医院排队做B超，卢老师就拿出案头书"谆化阁帖"来读，时而也在手背上划字默记。卢老师自退休以后，在学术上把研习书法放到了主要位置。卢老师做学问持之以恒，没有节假日，他始终守护着朴素勤俭的本色，一心治学。

几十年来，卢老师在远古书法艺术的空间里移星换月得来的经历和体验，使卢老师在书法的造诣中已经达到了沉稳厚重、遒劲刚健的艺术境界。这让我想起卢老师在已五十多岁才开始学习英语，坚持了数年。他说："为了了解西方艺术，深入理解传统的人文精神，就要补上这一课。"卢老师和周老师从西欧回来，我问两位老师怎么看西方的传统油画，周老师说："伦勃朗油画是从画布上生长出来的，不是画出来的。"接着周老师又说："中国画也是这样，是在中国文化中生长起来的。"这句话深深的影响了我和在坐的许多学生。

周老师英年早逝，卢老师陷入深深的悲痛之中。为怀念周老师，卢老师为周老师出文集，办展览，历时两年多，一直处在疲劳和繁忙中。在中国美术馆举办《周思聪回顾展》研讨会上，卢老师谈到周老师的时候声音哽咽了；在上海画院举办的《周思聪回顾展》研讨会上，卢老师的声音也带着深深的伤感。记得周老师在病重的最后时刻，卢老师把全部的希望寄托在大夫们身上，可是周老师还是平静地走了。那一刻卢老师失声惨痛的哭声至今仍历历在目，让我刻骨铭心。谁又能想到在卢老师艺术事业的鼎盛期，病魔又侵入到卢老师身上呢？这让许多人感到了生命的悲凉，大家无不为之牵挂，我们的心碎了。

在卢老师最后的日子里，由于药物作用，卢老师的双手肿的像馍馍，从膝部到双脚肿的不能站立。学生们来到卢老师身边，都要蹲下来，托起卢老师浮肿的双手，在上面轻轻的揉着。大夫说，你们老师的意志很坚强。卢老师从疼痛中引出意志的升华，他已不再听任病痛的摆布，他排斥着疼痛所带来的现状。卢老师慈祥的目光围绕在孩子们和亲人的身上，围绕在友人、学生们的身上。他静静地躺着，渐渐地睡着了，像是回到空寂的时空里与万物一起生长。

水

● 田黎明

雨停了，我倚窗看着外面的风景，时间借着夕阳的红云，无声无息地潜入低处，悄悄地带走了刚刚在眼前浮动的零零散散的碎云……

转眼，从一灰云的中间闪出一道橘黄色的光，俯瞰下方，像是要引起我的注意，它瞬间的沉思已轻轻地触动了那方天空下的一片树杪，也触动了我的眉梢。顺着一条小路向林间走去，路越窄，而景越宽，一个清纯的空间便在心底自觉地回荡，远远近近淡化着往日的遗憾、今日的所有。林

似明净的圆月，透映得我心清如水。但是，我的实性也会极快地脱颖而出，心底缠绕着日常深深厚厚的冗杂，虽然平和牵着我蹒跚走来，而我仍依然如旧。

外面的风景无可奈何地被夜色染浓了，天边闷闷的雷声不停地敲打着我的情绪，我还是朝着那个方向，许久许久，眼前渐渐幻化出那一片鲜明的林。

连日雨水，使外面的世界多了些野的气息。清晨的空气轻轻刺着我的

肌肤，野草沙沙还在咀嚼着泥水的滋味，几块白石在土阜中涂抹着身上的斑点，城边一条盈满的小河带着水腥气不停地拍打着我的脸。沿着它的岸边，渐渐靠近了林。青嫩的翠草蔓延了以往的小路，在群树之中，泥土轻柔如绵地正在享受着生的快乐而顺从于它的自然。我伫立其中……不知何时感觉已悄悄脱开了我，溜进了林的怀中，待我撵了上去，四周已是一片光明，太阳出来了，林的生命像清新的空气一拥而来。泥土敞开了宽大的胸怀，叠叠重重的松柏、杨柳、大槐按着太阳的意愿展开了硕大的枝臂伸向四方，井然有序地连接成了整个的林。溪水忘我地畅行在林间，细风温润如滑，濡湿茸茸的狗尾草摆弄着它的灵感，成熟的石头在回味着这瞬间光的暖意。我看到，是土地拓宽了林的胸襟，是阳光哺育了林的性情，是空气给了林的简朴，是雨水赋予了林的纯净。林的生命和智慧就隐含在它那无始无终、上下四方无所不在的恒一的宁静之中。

麇集的松柏，柱式般的身脊满载着自然的力量，它们瞻念云空广漠的苍穹，在深远无边的回味中去通达四野众生的境态。黛赭色的松枝纵横盘错经纬万端，无数个光点逍遥在参天的密聚处扑闪着天性。丰腴的杨柳温柔缠绵在松柏之间，左右逢源、舒展开怀，为拥有自己的空间显现着本性。遍野的蔓草不因自身的细弱而忧郁，它们更知道生的季节。生命似阳光照亮了万物，物态的本性在生的瞬间中衍变为自然的性情，自然的性情又改变、移动着生的瞬间。瞬间伏在生的最前端。

几棵粗大的槐树，疏远了前面的风景，又淡又轻的风景带着幽幽沉寂的惆帐牵引着我心底的景象。眼前虽是一片清亮，感觉却凹凸在模糊的时光中。记忆捧出珍藏的成熟追着瞬间的灵性……一阵凉风吹来，驱散了眼前的风景。我着实地坐在一块闲暇的缶石上，看它没有一点知觉，对周围也全然没有反应，显得迟钝懵懂。一条溪流带着速度，载着日月，回黄转绿地谈论着这一个无能的东西。也许是我的感觉冷淡，缶石才开口对它说，你是溪水，你是林中的一束阳光，你是一阵风。当你的时间触到我的空间这一刻，你留下来了，他无知地走过去了，你却不忘呵护着他，而他一直往前走，头也不回，无意中你多了许多新的旅伴，你们一如既往，但疲劳会消失你的许多伙伴，剩下的你们只要锲而不舍，直到有一天冶炼成一面镜子，他会在无意中豁然看清楚自己并不是他天天见到的自己……

不知是什么时候，林的上空传来了群鸟的聚鸣声，打扰了这一块内部的寂静，野草们也让树影下的光斑搅得各自错了位，槐树的叶子们相互哗哗地撕打起来，杨柳更是不可收拾，松柏们在无奈中摇着头。一个无形的声音在林中隐匿着，阳光收了回去。云霭围着林，一片一层地加固着自己的空间，林在憋闷中挣扎着。白石变成了黑石，野草沉重地喘着粗气，树胀肿了脸，溪流也急了。雷电趁势霹雳起来，受惊的空气一个劲地往林中

游泳

挤。风，得意地来了。林再也忍不住了，不顾一切地扑上去撞碎了风的势头，风索性就借着林的行为将自己变成万箭，嗖嗖地乱穿在林木中。林，终于吼起来了。

我还是靠着缶石，目击正在发生的一切。紧张的情绪给我带来了不可抗拒的兴奋，但缶石和我的感觉却还在默然相对。风推着雨，前呼后拥地扫过来了，一瞬间，我的感觉随同风声、雨声、树声、泥土声、草声、水声还有缶石声轰鸣一片。林沸腾了，声音在翻滚着，它不是消殒殆尽的啜泣，也不是狂妄浮躁的放纵，这是自然的圣歌。谁的声音，谁的情绪，谁

的感觉无需知晓，每个生命都在冲刺，自然在孕育每一个生命的同时，要造出自己的整体。它让你在忍受的过程中，周而复始轮回地觉悟着生的意味——

让你在搏斗中去看重安抚，

让你在呐喊中去蔑视叹息，

让你在意志中去选择情感，

让你在常规中去承受磨损，

让你在微笑中去体味庄重，

让你在回忆中去超越时空，

让你在平静中去感悟生态，

让你在向往中觉到没有尽头……

声音倏忽地停了，林顿时静极了。四面前后的风景贴在了一个平

214

面上，不分你我，他们整体而清晰的轮廓和质感，显示出自然造物的力量和意志。细风带着温润又悄悄开始梳理着往日的记忆，青石珍惜着柔软，野草守着坚硬，林木恋着泥土，泥土拥抱着自然，自然在感觉着万物，一切都在尽心知性，林又回到了平常……

林累了，它偎依在自然的怀里，轻轻的呼吸声意蕴出林的柔性。它的通体似水中的倩影，朦胧中的你、我、它，在随意中交谈着共同的梦。林睡了，白茫茫的雾弥漫着林，我的感觉也化成了一颗极小的水滴，随雾柔动在清空的林里。林大了，林远了，它一望无际，深不可测。感觉于半睡半醒中，像看到了林在寒暑日月昼夜中亘古的性情，又像看清了林中之物微细瞬间变化的生态，但不知是木、是草、是石，还是我，感觉也不知从何解释，只尽心竭智去追随，直到力不从心时，才觉得自己是多么需要自然的气韵来充溢全身，来滋养自己……

忽然，林变得空阔明朗，一平如镜，照亮了四方，照亮了我。

天亮了，太阳出来了。我从梦境中醒来，仍在惦念着那一片树林。阳光早已溜进窗户，伏在了我的床头，我穿好衣服，踏出家门，跟着阳光向前走去……

和风

● 田黎明

　　在生活情景里，人期待着在平常里能获取一种永恒的境界，但是生活的现象却无法满足这一需求，贯穿而来的是人对苦恼与躁动的种种经历和体验。自然中的阴晴圆缺，人自身的庸常锢闭，都会使人产生一种忧虑，而郁闷的背后，往往隐匿着更深一层的孤独与不安。我是谁?这大概是人对自己怀疑的一种方式，更是一种来自人内部的茫然的孤寂，是人在自囿中迸出的独守心痛的发问。于此，善与真，情与理，在积日累时地

阳光下的平和与澄净

与它们辗转着时光，日常的苦恼夹杂着虚弱的阴影，瞬间里的浮躁闪动着卑微的叹息，颤抖的心体像浑浊的流水在匍匐中渴望着清溪。在平凡的日子里，溪流拥有了它，浑浊贴近了清澈，它不停地渗进清的涌泉，流进了自然的身脊。

有一天，浑浊在清澈的时空里，明晰地看见了自己泛起的泥沙，它猛然发现这里有躁动的荆棘，这里就有清澈的甘泉；这里有痛苦的泥泞，这里就有安静的芳草；这里有狭窄的栈道，这里就有蔚蓝的群峰。生命是可以从容地面对着时间里存在的各种不可预见的空间。如果说有快乐的预见，那么它就升华在痛苦的体验中。心灵不再畏惧，自己营造出乏味、苦恼的重复与浮躁的泥沙。如果面朝一种痛苦，犹如人置身在永恒的天地中，去拥有自然赐于的阳光与阴影。人之存在，需要平和与澄明的空间，当人在平静中回头瞥视岁月的经历和人生的阅历时，才觉出几千年的路是这样地近。于是，人们始终朝向东方，每天看着太阳升起，它给人以亢奋和力量，它给人以温暖和宽怀。为了生命与太阳同时生长，人们朝着太阳的方向走去，因而有了黑夜的沉寂，因而有了荒凉的孤独，因而有了怯懦的焦虑；因而有了忍受痛苦的责任……太阳升起来了。这循环往复、周而复始的日子真是平常极了，这就是自然。人的生命应该像自然一样，带着纯洁之境，带着宽厚之怀。日常的微风没有白天黑夜，它来去轻轻，驱散了日积的尘土，带走了时而虚展的浮云。它似乎在向人们述说着生活的意义，假如仅仅为了安逸，也就脱离了生命的品质；假如生命的意味仅仅只停留在平和的日光下，也便暗淡了生活的光束。生命的血性是在情景纵横的穿梭里交织出人生经历的原野的。此时，我想到了大海的品质，它只给你一条单纯的弧线，可它拥有着海浪的壮美、闪电的阳刚、日出的崇高、蓝天的宏大、它能把自然赋予它的一切磨难，都转换在自己平常的性格里，为此，自然才造就了它。它的内部贮藏着无数个最伟大、最完整的生命源，它一以贯之地保持着自然的永恒，你若持久地注视它，一定会感觉出它的性情是那样的单调而空旷，甚至有些乏味。然而，伟大的东西却是从这里开始的，这就是平常心。生命的价值应该指向这里，于普通生活里去赋予一种崇高的境界，于高尚的品格中去体验出最为平凡的情景来。在人与事的苦闷和焦虑、情与理的混沌与透明中，以平常的步履走进这些自然的风景里。人不能回避日常的抑郁、懊丧和苦恼，但，就事论事的惯例仍在无形地束缚着人，它们对生命而言是一种火焰，而生命的质地正需要它的燃烧才变得纯青而洁净。

空气·阳光·微风

218

从常理看，人在生活的常事常理中行走，往往会显得心平气和、坦然自若，倘若要突然对待非常事、非常理，就会显出非常心。人对一种痛苦和浮躁的反省，常常暗示出对生命状态的质疑，这正标志了它们的存在也是一种伟大，它要让你去看重生命，它要成为你平常日积的财富。人自身许多的弱性创造了许多的痛苦，那么生命的延伸也就成为痛苦的一种化身。但是，痛苦与清纯却有一样的意象，它们让你去拥有，却不可以去占有。它们就像生命源头的甘泉，一切都在自然中流淌。生命的珍贵是因为有了它们，生命的伟大也是因为有了它们。以此作为一种境界去散步，生命才会自觉地昂起头，尽兴地去吮吸水分、空气和阳光，把痛苦与困惑、

忧郁与孤独都视为日常的风景。如果其中有坎坷的东西，无论是荆棘的触痛，是喧腾的骚乱，还是欢乐的迷惑，就让细雨滋润内部的浮躁，就让阳光穿射内部的疚憾，就让微风拂去身上的灰尘，一切均来自日常的沐浴，一切都在自然中尽兴。生活需要这样来充实，灵魂需要这样来净化，身体需要这样来生长，每天都是一个新的开端。平常的心境令你心明神清，其心若光，它似一种气象来自一个古老的东方，它似透明无碍的空气，无声无形，默默地环绕在生命与生活四周的空间里，如水，如阳光，你我都在它的怀抱里吐纳，接受着它的哺育……平常片刻不停地贯穿于自然中，我们真的能从生命的觉悟中去理解平常的意味吗？

阳光

● 田黎明

　　登高远望，俯仰天地。天，蓝得像一个没有外缘的平面，在上面能感觉出很深远的画来，而每幅画都极为协调。地，用赭红浑化了万物只显露岁月苍茫的轨迹。河流如同水墨画上的飞白，大小长短不经意地划过深厚沉积的黄土。此刻，我感叹天高地厚，天，纯净得荡尽一切，地，混沌得包容一切。就在这现实的一瞬间，我想到了五代董源的《潇湘图》。天真的墨点使起伏的大地弥漫出平淡浑然的景观，画面上的水与天荡尽了零碎的现实，只留下一种永无止境的气象，回荡在一两个笔墨元素、两三处空白之

间。中国人在现实中追溯天人合一的精神空间，在这里印证了。这种整体意识使我们在董源的"万物皆备于我"的笔墨符号里，感觉到一种人生价值与自然本体的和谐，它融合事物，空间无量，宽容平远，协调万物，生生不息，这是中国人的生命空间。

　　身在高处，游离物外，好像能感觉出一种整体的体温，和谐的意识渐渐地扩展开来。它的本源像自然所需，有着无数个细小的生命源，它们在现实的土壤中体天感物，靠着自己的本性，又在自我的抗争中一点一点与自然共同生长。生命就像人站立高

放下思想中的世俗，人心才能拥有自然中的博大。

处，它需要巨大的空间来俯瞰日常的品行和思想的根源，由此把握生命的最终意义。

记得一个疾病缠身的人，做了大手术后处于极度的痛苦中而渐入昏睡。日后，我去看他，他把生命看得纯净无比，我被他感动了，这是他生命状态的一个高点。又，张承志在《清洁的精神》一文里，以悲壮之笔追怀了豫让、聂政、荆柯这样一批地位卑贱而人格清洁的志士。精神在这里震撼了我，文中既有志士生命状态的高点，又有张承志生命体验的高点。又，卢梭的《一个忏悔者的漫步遐想》用素净的笔触留下了自我内心深处的生命轨迹，把自己化解为一个透明体，让人能穿透于其中，与他共享痛苦与欢乐。卢梭那敞开灵魂的纯朴之真，逼迫我也陷入了对自己的反省。又，袁宏道的随笔，文思如流泉，情怀如远山，意味如气象，一种人文境界让我如痴如醉……每个人在平常中度过了生命中的每一刻，对生命的感悟并不是每天可得的。但是，当生命的状态走到一个高点的时候，对于每个人都是平等的，如果你能把生命原生的状态高点转化为另一种生命的空间，生命的空间将净化为一种境

阳光

界。那个病人把生命中的痛苦化为了纯净的空间；张承志把志士的信与义化为了清与洁的精神；卢梭把自己的思想化为了甘泉；袁宏道把人生情景化为了人生境界……他们以切身感悟第二生命的方式，去品尝和凝聚自己生命空间的可感性。他们对人生的体验终于换来了众人对生命空间再一次的体验。我想，这里既有做人的意义，也有艺术的意义；既有生命的真正含义，也有面朝生活的态度。看齐白石的画，可以说他最会享受人生，他画面的清亮通透，是他在现实中调整出的一种心境。每个人在现实中都会有着无法躲避的空间，但白石老人的画里没有这样的空间，他于内视中澄清了一个个瞬间的现实。他用一种眼光，高高地望去，远远地看去；他用一种平常心在低低地品咂，细细地咀嚼；他用一种境界来通透平凡的空间。所谓一，在平凡的最低处，也在平凡的最高处，人若创造了生命中的高点，就能化万为一。白石老人正是把握了一的本源，他能让人在现实中，一下寻回一种失去在身边的美好东西；他能让人一下子就体验到一种常常忘却的平凡经历；他能让人一下就发现了生命属于平凡的空间。

和谐的空间随处皆有，只看你生命的空间里是否有它。层出不穷的躁动里一定有几丝清凉，晃动与平和都在等待着你的选择……这仿佛是画面的散步，看你能否把生命获得的空间转换到视觉的空间里，但这并不意味着是对生命整体空间的把握。当我们走进了深深的密林中，被荆棘牵缠；当我们临近硕大的巨石，产生来自现实或是来自自己的畏惧，此时如果只看到眼前的现实，那么你的画面上也许只有眼前的真实。曾读过一首现代诗："……我把手掌放在玻璃的边刃上，我按下手掌。我把我的手掌顺着这条破边刃深深往前推……手掌的肉分开了，白色的肉和白色的骨头。纯洁开始展开，生命陷入了疲惫和失望。"人的内向空间只面对自我的现实，玻璃只是现实中的一个平

高高的谷堆

面，二者的空间是各自分离、封闭和对抗的、赤裸的画面，极端的纯洁显示出自我与自然的疏离。这像一个伐木工，所解决的方式带来了一个使他无法平衡却更加矛盾的问题，谁是最强者？如果将笔墨介入了这样的空间，画面便出现了挤压现实、忽略自然、阉割自我的形态。它没有广义上人与思想的对话、人与自由的对话、人与行为的对话。这里的笔墨，只囿于个人体验的那一小块脱离自然与历史隔绝的一种自我的现实，它在偏颇的无奈中缺少生命里整体性的东西，就像天地间的那一条线……此时，我又想起了日本高僧芭蕉的诗："古老的池塘，青蛙跳了进去。咕咚，这里青蛙与水面是两个现实。"水面的底层，又是现实中可感而不可知的一个深邃的自然空间，我们的画面需要回到这样的空间里，它包容着个人在现实中体验的历史与文化。若把主体放在现实与自然时空的交融中，它的内向体验必然在瞬间撞击出那鲜活的生命感。现实虽不确定，但它自然随意，而画面空间的个性与气质在寻求自然空间的浩然之气中，是面对现实来把握人与自然、人与人、自我与现状的生存状态。在这里，我们看到了八大山人的身影，看到了范宽、董源的身影，我们还看到了伦勃朗，看到了米罗和弗洛伊德……他们创造了一个一个象征生命的符号，这些符号是一种混沌的状态，它们超越了现实与自我，它们内部贮存的人类情感和人的生命意义是一个硕大的人类文化的空间。当我们朝向这些静立的群峰，那象征着自然生命的活力，那充满人性创伤的画面，它们在现实里确立了一个又一个深远的空间。当我们行走在这样的空间里，当我们一次又一次地仰望它们时，我们只能去感觉它们，而难以看清它们，又难以去理解它们，这是因为我们缺少个人体验与自然体验的和谐意识；这是因为我们缺少博大宽怀的人文精神；这是因为我们缺少面对现实去热爱自然的真正意义上的平常心。画面的目的不是欲求对现实状态的表白，不是制造新奇的惶恐与快乐，它也不是狭义上自我空间的几声呐喊与摆脱。生命的空间似乎是随着事物变化而变化，随环境变幻而变幻，但只要人创造了生命的高远境界就会俯瞰人生整体的和谐，生命的平凡与生长就圆融在生生不息的自然精神中，它是不会随着时事、时空的变化而变化的。

呼吸

● 田黎明

冬日的阳光虽然很远，却有着温暖的感觉。翻开旧日的人物写生画就像看着老照片，朴素的气息透出阵阵温情。"能给我画一张像吗？"当我画他之后，他带着自慰的目光也不看画就走进了人群。感觉着那时的一句话、一个行为、一个笑意都已成为淡远的景象。东方人的性情是内向、坦白、忠厚、不偏执、讲和谐、喜爱群居。那个时候我为能在其中有这样的生活方式而忘我。在高原画游牧人，到边界画战士，进乡村画农民。许多的时候是他们排着队让我一个个地画，四周观画的人常常发出憨憨的笑语。面对质朴的人们，我虔诚得甘拜下风，那种感觉真是幸福。如果说有苦恼也是缘由画得不像或是技能的问题。这些写生画以简单的方式记录了当时的生活状态，对它的经历使我感觉到人与人之间在创造着朴素的和谐，语言代替不了由心性引出的相互默契，有了一个人的画像就好似增加了几个人的故事，有了一群人的形象就能感觉出一个年代的生长。看着一张张的人物写生画，我相信我是在群体中经历着一个朴素的境界，虽然画面缺少朴素的艺术形象，但它的身影已给了我许多的直觉。当一个人在自己的生活方式中能自由地画着熟悉的人和自己想画的人，就像在自然的空间里深深的呼吸一样，这里深藏

游泳的人

着一种美的感觉，它既单纯也复杂，它在高处也在低处，它似流动的小溪。但是如果稍不留神，这种美的感觉就会随着时空的经历溜了过去。也许某一天你的经历发现了它，然而痛苦就会以一个向导的身分牵引着你去探寻感觉的整体。为此我常常为画面缺少一种感觉的经历而焦躁，大概画画人的苦衷是从这里开始的。

老老实实地画画是一种甘甜，在画面中体悟人之经历的空间又是一种苦涩，不管生活里有多少的感觉夹杂着恍惚不定的情绪，或有多少个碎片式的心态相叠，笔墨却是一种透明的心性，它以拥有的方式接纳着阳光与阴影，而不是以承受的方式来出现。如果把朴素作为一种文化的纯度，如同每天都要创造绿色的生命，当你能迎着高处的风声和云气感悟些什么的时候，此刻只有亲身的经历才会知道什么是属于画面的感觉，什么是属于心性的境界。中国的山水文化是由众多的个体不断地把一个个小我的生活情景放到文化方式中来体验一个群体的真知的，这使山水画的语言已成为中国人心性文化的经

典。作为一个画画的人，一直寻找着画面中的群体感觉，这需要回到自己的生活方式中来掂量，大的是找准自己的感觉方位，小的是如何传达清楚这种感觉。造型的广义和笔墨的感觉不只停在像与准的方法上，它是一个文化的综合。一方风景是一种现象，四方的风景才有气象，一个阶段的画面是一种生活状态，若把画面的造型与笔墨放到境界里看成一个整体，它的精神状态就会朝着生活方式和艺术方式的地平线走去，把其中感觉到的和正在感觉的东西贮存起来。

我崇尚朴素，因为它属于自然的本性，它有灵魂坦白的明亮，也有在复杂事物中创造出一种温柔而敦厚的单纯。它的经历能化解事物，它的生命使人清新、淡远，它的内部贮藏了许多自然精神的底蕴。站在它的面前，就像我面对传统文化思想所感受到的一种伟大。它的实质，使我看到了在平凡生活中感知由心灵的寂静所引出的一种纯静。我也常常在镜子的现象中去看热情的修饰给自己带来的变形。当一种信念到来，心境的起伏簇拥着我在内部的空间里努力去寻找和期待着一种清亮的状态，它的出现，时远、时近，距离的差异给耐性提供了一个置身的方位。平凡中琐琐碎碎的回荡声夹着许多模糊的激动在震动我的感觉，我企求自己不应付、不随流，认真地把握氛围中必不可少的阳光与阴影，把握内部看见的一泓清澈的纯净与那百回浮躁的自尊，将它们扩展到整体的境界里，来接受自然的照射。我相信整体的力量，意识和行为都服从于本质。时间带走身边的一切事物，生命把它的感觉留住了。当我把内部的空间移植到以自然作为审美理想的时候，我已把生活中的人与事、情与理化为自然中的一种品格来观照。如同夏日里，躺在河面上，平视蓝天，这里的风景正沿着它的四方去采集日常闪动的光景。当自然的力量已清晰地把性情内部的各类装饰物物化的时候，语言的生命才开始显现它那深邃而又以单纯方式出现的性情。它们都以最少的自我向着广袤的境界延伸，于"体天下之物"的性情去回归自然，去感觉自己人生的境况，它们共有着一样的性情、一样的气质、一样的氛围、一样的空间、一样的精神在自然中自由自在地呼吸着、生长着。然而，时针也在不停地提醒着一个事实，当生命正在生长的时候，如果仅满足于自身的现状，自然是不会去承受它的话语，倘若它把词语都用在谈吐自己的姿式如何，必将失去自己内部深处的自然空间。生命的过去留在了忠顺它的语言里，新的生命正迅速地生长，生存的方式需要创造精神，精神在判断它的本质时，期待着接受自然的照射。

空气

● 田黎明

教室里中国学生与西方学生共同画着一个模特儿。中国学生面对模特儿吸取着西方人的科学观察方法，又在以传统的整体观察方式把握着画面。一面是形的准确，一方是自然的准确。形的准确是一种参照，既严谨又要规范，而自然的准确是一种体验，于其中来寻找文化与生活、感触与造型方式的协调。西方学生起稿很自由，拿起笔就画，没有负担，人物的形体和色调都进行得比较随意，尤其对人物的手和脚感兴趣，原来模特儿的手与脚有充血胀起的筋脉，他们把注意力放在了肌肤上，用一种活力

的感觉来刻画。西方学生重结果，在表现肌肤活力的感觉中寻求对人体空间的思考，以人的眼光观察人的生存状态。而中国学生重过程，借助形体来寻找人与自然的和谐，以物观物的观察方式来体味自然的奥妙，人融化在自然中。中西学生虽然对形的观察方式不同，但对造型的思考是共通的。形是一个局部的东西，造型则是一个整体的东西。形容易捕捉，易于看见；而造型是内部的东西，它是一种气象。只有当形与造型融为一体时，画面结构的比例、动态、线条、明暗才会和谐起来，画面才会变得耐

路

看。不要只注意形体结构的准确比例，而忽略了你对物象的一种准确的品尝，前者是种子，后者是土壤，相互协调才能生长。黄宾虹的山水速写，几条线就出现了宇宙的循环意味；安格尔的人体，几条线气韵却很大；马蒂斯的几条线表现出一种安乐的旋律感；丢勒的头像虽画得细密严谨，但造型上的气质都注入在精神的空间里，几条线就显出了一种造型方式，更确切地说，是人生的一种精神空间。那么，东方人注重自然空间，西方人注重人的空间，一个向自然回归，一个向人索取发问，东西文化的

思考便使画面的空间拉开了距离。

中国传统绘画把写生当写生命来看，这个生命意义正如李可染先生所言："面对山水要画出有意境的山水来。"此时的意境便是生命。中国人面对自然，往往把自我融到生活中去，又把生活看做一种境界，人在境界里才能有真善美，所以中国绘画的写生不是写物之体态，而是一种自然精神里的人文境界。看范宽、虚谷、齐白石的画，我们感觉到时空中的人文精神对我们生活方式的深深影响。再看伦勃朗、苏丁、毕加索的画，我却很难感觉这些是一种所谓的写生，

我所体验的是生理、情绪、视觉和人性内在东西的跳动。我觉得东方人、西方人在面对物象写生时都有一种耐性，一个是自然文化的耐性，一个是人性的耐性，而各自耐性的本身就是自己的生活方式。王蒙面对群山默默隐居三十年，画与人格已成为他的生活方式，现实与理想在生活的过程中协调了。

那年我去西安，在华山境内，从火车上远远望去，看到了范宽《溪山行旅图》中那个已经九百年的山头，它就是华山的西峰。范宽画面上的墨点是一种远观的感觉，那么大的山浓缩于六尺之中象征着千年的半壁江山，这一笔一笔的感受，这一天一天的体验，生活靠着情景合一去实现天人合一的境界，这里耐性已经转化为自然的生活状态了。我想起在东京一家美术馆面对法国画家ＡＯＲＩｅＥ ＶｒＲＩＬＬＯ作品的情景。他一生的作品题材都集中在一个小镇的几条街道中，那里的教堂、民居和街道两旁的树木，从1905年到1955年，他始终如一地画着，没有开头也没有结尾。第一次和第二次世界大战对他画面的影响似乎都含在了风景的笔触中，孤独、忧郁和沉静。这与其说是一种持久的耐力，不如说是一种淡泊的生活方式，人于其中很纯静。于此，

我又想到了李可染先生从1963年至1989年间，一种构图、一种光感画了二十六年，一种树的造型画了二十六年，一种墨法、皴法画了二十六年，境界在岁月中不断地净化，纯之又纯。这就是生活的定律，而生活的定律就是艺术的定律和人格的定律。李可染先生的画是对自然生命的赞美，"我"的一切变成了自然中的一切。上述这位法国画家的画是对自我生存状态的发问，"我"的一切在疑惑中变得孤独而沉郁。他们同样画着一棵树，可染先生是以物观物的心境来观照，法国画家是面对自我生存状态的种种感触。东方人的自然观是在平凡的景致中蕴含着人的经历，人的一切经历都在日常风景中得到滋润。此时我想到东方大师的绘画都有一个共通的气息，这就是透明清新的空气，人可以于其中尽兴地呼吸人和自然的经历。生活中人们往往喜欢性格开朗的人，跟这样的人在一起自己也会变得透明，难道画面不应如此吗？如果一个人的感觉越是清晰明了地映在平面上，这种明朗化的气息就容易被人所呼吸。"随风潜入夜，润物细无声。"我好似随着杜甫的情境化作细雨，无声无言地去和谐万物，这是一种什么样的境界啊，这又是一种什么样的体验呢？它的境界，它的沉郁

之美，像是一种明朗，像是一种气象，气象是千变万化的，但它透明沉郁的气韵淡化了人的事物功能而与自然相和谐。"登泰山而小天下"是一种气象，"采菊东篱下，悠然见南山"是一种性情，"曲终人不见，江上数峰青"、"暮从碧山下，山月随人归"是放达的人生胸襟，而李清照的"……才下眉头，却上心头"是忧郁里的情调。它们都是一种境界，在生活气象中，艺术感觉的准确步入导致了身心合一的体验，从而使画面进入情景交融的空间。然而艺术感觉的准确是什么，说是生存状态的真实还不够，说是对事物的理解也不够。一个人在生活中不能只把见到的风景视为一种感觉的真实，也不能只把对物象的思考记作一种准确的方位。就像登山，沿途风景似乎在有意无意中掠过，当登上主峰，才会回首去寻找经过的近的、远的空间，再沿路返转，每一处风景便融入一个整体的意象里。这种意象是文化和精神的空间，它存在于山石草木中，能否面对它们以经历一种整体的东西来和谐这一石一树一山一水呢？

我们祖先把山水空间分为高远、平远、深远，"三远"便把静观推到了面前。静观向内是心境，向外是交融。张旭书法是流动的，但它是静观的方式。静观是一种精神，以此引伸一条线、一方空间、一种笔法直至一种人格，以此引伸一个造型更是一种文化的缩影。辛弃疾"郁孤台下清江水，中间多少行人泪，西北望长安，可怜无数山"，"江水"、"行人泪"是平远与高远的空间，而"望长安"与"可怜无数山"是心底深远的造型与空间。远是一种静观方式，平常在自然空间里传来声音的回响，以及观看黑白照片都有远的感觉，冥想更带有远的意味。冬日的阳光有如远方亲人的音信，夏日的骄阳使人觉得很近，春秋之光却很适宜，有时一句话就给人很远的回味，淡的东西也有远的感觉，人的一个行为也会使人觉得远而亲切。金农的画像冬日的阳光，白石

老人的画似春秋。明代吴从先的《小窗自纪》中有"山静昼亦夜，山淡春亦秋，山空暖亦寒，山深晴亦雨"的诗句，借助自然之状的转换，道出了人的一种冷寂而沉郁的感觉。我觉得看虚谷的画很像这首诗。

近，好像是西方人的一种静观方式。一个"近"字似乎可以把物质的东西都可拿到人的身边，机器正在缩短人与人之间的距离，电视机的图像和声音是一种近，电脑网络是一种近，近使世界变小了、清楚了，人在其中体味到许多的快乐，使人更自觉地参与进去，随之人与人的情感变得复杂和陌生了。有一个电视剧讲一对男女互为邻居，同用一个厨房，生活中他们各自为对方占有自己的空间而吵闹、怨恨，但他们又同是电脑网络上的密友，通过电脑，他们的感情却很相融。机器在操纵着人与人的距离。其实现代生活的节奏已经改变了传统的生活方式，人每天都在忙碌中制造着紧张。我常常乘小面的，司机在拥挤的车群中一会儿猛加速，一会儿猛刹车，弄得人眼晕心跳，人随时会被车撞，或车撞别人。乘飞机也有紧张感，人在高处会感觉到一种空旷的自由，但只要飞机在气流中抖了起来，人的身体也会随着机身在空中七上八下，真像被越上越紧的发条。你

说我纯静，我只想静；你说我心如流水，我知是谁；你说我没有欲，我喜欢鱼；我看你轻轻，你很清；我跟你谈谈，你很淡；你不言语，我在观雨。我与机器在对话中显得好像各自孤立而却又互不分离。

人在高速的节奏里已很疲惫时，自会向往深远广袤的空间，虽然室内的盆花能装点人的自然，但身心凭窗远望，渴求穿透眼底层层灯火向着明月寻求。"一月印一切水，一切水映一月。"我喜欢这句话，它包容了关于清空所有的感觉。清空是一种心境，也是诗人的一种幽思，它又是人的自然心性。清空是冲淡的气韵，清空是明朗的昼夜，它穿行在山川、花影中，它也穿行在密集的人群里，伏在人的心性中。杜甫《送郑虔贬台州》诗："……万转千回，清空一气，纯是泪点，都无墨痕。"道出清气来去无痕的人格，身心受忤，却无怨恨之心。清空之气不为冗事所动，它自有一方净土。看南宋梁楷大写意的李白像，两三笔简到只剩下一泓清气，其境之远。清出泥中泉，影在空间徊。此身在物外，正是映月时。清空的纯度把现实的浮尘化为精神的家园，它使暗为淡，使浊为清，使物归真。元代倪云林的逸笔山水，乃是一方泥土中的清池，山如秋的淡荷，孤寂空旷

对月托心，这是诗人的悲观，似浮动的山岚，清晨的芳香，林中的疾风，也似湍急的溪流，有道可寻，而愁无着处，来去清风。所谓气象于此是虚出实，而笔墨的写意方式便于此会意了。水与墨既出自具象之物又不落于具象之物，望物寻象便是它的本性。"沉舟侧畔千帆过，病树前头万木春。"好大的情景啊！刘禹锡好像在深深地领悟着水与月的文化方式，没有具体的环境，只有具体物，而景是靠空间形成的，借用物的移动和交错，造出了巨大的情景。细观传统绘画中的山水、花卉、人物，有谁出之某地某景呢？中国的园林也是造境界不是造景点，以其深隐清空的方式让人领略其中的含蓄之妙。所谓"迁想妙得"

在原野中闲步

（顾恺之语）就是一种以水观月的方式。"一月印一切水"不就是"外师造化，中得心源"吗？清空之境是一种气韵在物中行走，似云、似雾、似水、似远山。人在自然中散步，让清空冲淡心底的荆棘，让清空来浸透情怀。月渗于水，才有清空之深远，水在流动，明月散而不乱。清以物的淡与浓，托出心性的淡与浓，八大山人于画面中舍去了繁多物本之态和机质，只剩下此物非物的精神观照，山水知天理，石鸟观世态。范仲淹的"先天下之忧而忧，后天下之乐而乐"，更是清空的博大胸襟。月之所以能印一切水，是月高而无怨，高而无物，但它又时常存在于平凡的最凹处。高是自然之气象，低是人的生活之道，人行

在低处像清澈的水映月，此中生活便成为一种境界，这又是多么美好呀。然月有阴晴圆缺，才是自然之理。

记得在怀柔近郊一古老寺院，我与友人进入院内斋房，见一道士背对斋门伏案专心习字。门外小室一床一木凳及洗漱具极简。道士内屋门侧小木桌上摆着厚厚的字稿，我们翻动几下，道士没有回头，旁若无人的状态使我们无语，静静凝望着他的背影。当我们就要走出道士的小屋时，道士回头了。又，我与友人在五台山写生，走进一家寺庙，我们转到了斋房院内，想看看僧人的生活起居。见一老僧身着布衣盘腿于炕上，他见我们这些陌生人，没有说话，一种温厚的眼光相迎而来，脸上没有笑意、没有怨

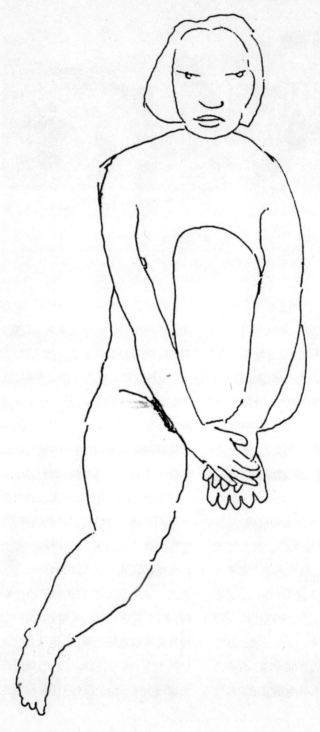

气，虽无言语，我们已分明感到了善意，只在顷刻我们都觉出真气在旁。又，在微山湖写生，想寻一件民间的肚兜给两岁的孩子。几日寻它不见，店主大娘得知，瞒着我连着几夜亲手缝出一件，待我们要离开时拿出送我，我长久无言以对。现实中常常发生种种之感慨，所谓体验大概是人在一日一年耕耘中去追寻留下的种子。而每天日起日落便生长着烦恼、痛苦、躁动和纯真、宁静、平和。凡是躁动的体验都会遭到内心驱赶，凡是纯真的经历都留在了生命里。我想人的内部若充满了苦恼，就是画出来了，画面也自然不安，它也许很真实，但却是一种肢解的形式。一时一阵的激情涌动，或是泪水和微笑只属于完整生活方式中的部分。整体的生活方式是看一个人能拥有什么样的空间。我曾站在美国黑人画家巴斯基亚的画前想到一个问题：种子生长的个性是在一方水土中培育的，就如一个人的言语离不开自己的时代和行为。巴斯基亚的画是美国社会的一个缩影，黑人文化的秉性和美国街头文化的流行在他不拘性格的放任涂鸦式的狂泻方式中，好像什么都属于"我"的，对材料的应用更是拿来就为我所用。他的画可感可视性全都强烈地暴露在你的面前，我走近画面，想体验

他在作画时的距离感，那坚硬强悍的线与刺目的色块使人的正常心理受到阵阵冲击，有如观看武功和警匪片中的搏斗场面，人在紧张中放出了喝彩声。相比之下，毕加索的画就显得温和了，也更趋于生活化。毕氏的画好像是对贵族温情的反叛，巴氏的画体验的是社会底层人的感官，他们都真实反映了自己的生活状态。每个人都有生活中的烙印，能否忠于自己的生活方式是对文化的一种认同，而体验与发现始终是在文化的整体空间中生存的。任何一种完整的绘画形式，人们在观看它时，都会不自觉地带上一种整体文化的经历和眼光。而这种感觉正是一个画者所要具备的，若看到了整体文化的东西，你的生存方位与画面的空间才不会错位。

然而在现实生活中，"错位"是经常的事。打开电视说是在"看"不如说是在"翻书"，想看哪页就翻哪页，人的视觉和空间在不停地移位，心理的变化也随着日常琐碎的习俗而不停地跳跃。其实生活中的错位与自然空间的错位始终是在一个永恒的律动中循环着，它是一个从错位到复原的整体。四季的轮回，像水一样经过湍急的流程都要转回博大的江河，这大概就是中国人的文化空间。从传统的绘画中看空间，仍能寻到它的轮回

方式，线与线、点与点的重叠，使每一物都连着重叠的关系。顾恺之的《洛神赋》是人物与山水重叠的典范，这种时空的推移方式到了宋、元应用得更为自由，因为画面没有了时间的概念，平面的空间就像一个不可知数，没有开头也没有结尾。如水的流动在平面中轮回着，这种方式用之于画面空间，让人叹为观止。中国绘画以这种方式又展开了散的布局，每一处的散都由推移方式再形成轮回，一聚一散，反复移动，使中国绘画空间，既可远在千里也可近在咫尺。西方的古典油画靠着明暗重叠表现空间的错位，使视觉上受到三维空间的限制，所以西方油画的风景不如人物和静物发展得完善。与之相比，中国的山水和花鸟比人物画发展得完善，这大概与空间认知方式有关。因为山水最易把握轮回的空间方式。从太极图上看阴阳互补，没有先后，没有远近，凸凹之感是一种视错位的宇宙意识，它好像与古画论中"不似之似，似与不似之间"相通。有意味的东西往往都在若即若离、形影不分中，这是一种大感觉。

把大感觉不自觉地介入生活方式里，一定能陶冶自己的生活情操。虚谷画的蔬果、花草、鱼石和松鹤是一种人格，而并非仅为该物。所以物象

之态便成为心象之美了，这是中国人遭遇现实转化自我的不凡方式。其实在生活中谁又没有烦躁的情绪呢?邪气上升就要发泄，久而复之，生活中种种物遇就给心物蒙上了厚厚的尘土，自然的心性也会渐渐丢失大感觉的馨香，人就会常常来品味自我的小感觉，然而在自我行为中又缺少西方文化中能把一个小我吞噬掉化成碎片来观照的意识。什么时候心性像恬淡的小溪一样流向自然的深处来滋养自己，这又是多么美好的感觉啊。老子说："上善若水，水善利万物而不争，处众人之所恶，故几于道。"人性本善，善是水的象征，水润万物而无言，人向善以水喻之，这是人的行为意识在向自然回归，在自然中洗涤自己的尘垢。唐代元稹《幽栖诗》："野人自爱幽栖所，近对长松远是山。尽日望云心不系，有时看月夜方闲。"人在自然里去发现心性的位置。笔墨的境界是天人合一，笔墨的方式是人生感悟，所谓笔墨人生是将中国文化融入笔墨本性和时空的宁静里，此笔墨精神是关注人生、关注社会，而它的协调方式是依靠自然并非虚空。和谐是一种静观。一个人在生活中不是去占有，而是去拥有，这样的空间才会广大、才会宽容。虽然生活中的选择也常常不属于自己，但生命的意义

是以拥有自然的心性而滋润出它的柔性。生活常常会说，空间是宽广而贵重的，只是你走路太少，脚步太轻，视域不展，意思是需要你在情绪的凸凹中来发现它。让自己的步子回到生活中，在平凡中看平凡，一个人生活的步履是通过自我的存在还是通过自然的存在来印证呢？人的经历有许多是必须在路的进程中被终止的，也有许多是必然延续的，生活便成为时空中的自然，它应该拥有树木、河流、山川、阳光，这是生命的本体。当一个人能拥有它们时，眼前不再是一个个事物中的人，而是一个个自然中的人，明亮的光辉都会向他扑来。人的视觉感是以心志来调整着自己生的状态。在呼吸它们的同时已经把视觉转为生命中的需要，呼吸是生命的本源。当我站在密荫深处，阳光还原出绿叶的本色，它们平和近人，畅达明朗，风吹摇曳，闪动着真气。生的感觉形成了这些最平常的景象，它让我感受着最美好的时刻，美的东西就在其中，它像绿叶一般恪守自己的方位，吮吸着母体，向着阳光，让自己的单纯在自然界里天天向上。

生活中，一个人帮助了一个人，几个人为了一个群体，一个群体为了更大的一个群体，就像森林需要山体，山体需要阳光，阳光又映在绿叶上。这是自然的视觉，它在四季回转中簇拥着明洁的生机。生活中也还有许多的视觉，给人创造了一个个能调节紧张情绪的空间，但它们不在阳光下。在灯光豪华的餐厅里，桌上的酒杯清亮透明，暗示了薄薄的脆体，显出高贵自在。大厅里装饰的灯光一排排反射在酒杯中，使人眼花缭乱，氛围创造出一个个精致的感觉。红的水、白的酒，色纯而甜净，它们没有选择地借着五彩灯光和桌上的美味向人闪烁出诱人的白光。突然，我生怕它掉在地上。我的视觉始终在快乐的感觉中紧张地看着它。桌上的菜讲究形态和色味，有雪山飞狐、幽谷鹤鸣、金元八宝，人们的筷子一下去，原有的空间便乱了，都是些被切开的黄瓜、胡萝卜、白菜叶和碎肉末儿。这种视感的氛围像一幅幅错了位的现代绘画，张开了嘴，面临的是一个又一个的碎块，整体是什么没有解释，只要所需都可以被接受，规则就是在打碎一个个原有的东西，让它们在错位的空间里创造出一种新的状态。由酒水我又想到笔墨中的水，它从善，善解忧，心性需要有水来调整，但水的空间好像要承担聚光的角色，一面是自然的阳光，一面又是人造的光，而笔墨面临的空间是一排排的易拉罐，那正在被开启的嘭嘭之声。喂，与我们合作吧，好像易拉罐高大了许多，这里的感觉没有树木、河流，也没有山岚，它们贮存在媒体网络的空间里，水墨的空间若不假思索地进入，它的位置也就成为了易拉罐的位置，或是电视频道中的一个闪动，这正是消费文化的所好，机械的东西不再孤独，同行者都在程序里。程序加快了速度，使笔墨在不停地移位，瞬间体验被放大了，笔墨只有选择被扩张的自我感觉。那年我在怀柔参与了一场蹦极跳的游戏，一位跳下去的老师说："当我站在高处朝下望去，恐慌的感觉充满全身，但已没有选择，工作人员也进入到帮你跳下去的状态。当跳下去时，人的感觉很平稳，像是在空中滑翔，但速度的冲击力使人从七十米深处向上反弹时，人的心理已没有了自制，一切任其摆布，人进入了极度的难受之中。"我没有这个胆量，也不敢。我前几年去南戴河，参加了一次滑沙。我乘小缆车到了沙山顶就知道已没有退路，坐在一小块木制板上，工作人员把铁钩一松，我就像从高处坠下的一块石头，当平稳下来时，人心神不定，站立不安，一切发生得快，消失得也快，人的感觉也越来越自我了。好像现代人对瞬间的体验多了起来，也很看重它的过程，众多的瞬间，形成了一场场人对

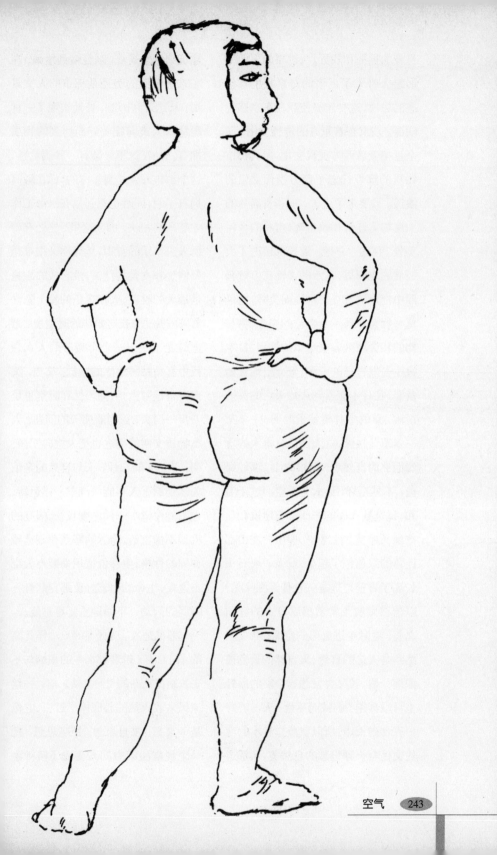

自身的挑战和戏弄。大都市的工业发展给人带来了更多的对自我生存状态的思考，这种体验使我在东京感觉颇深。东京有着东方的传统文化，又全盘接受着西方现代文化，尤其都市物质的辉煌标志了西方当代文化的渗透。只要走了进去，那华贵高耸的大厦与霓虹灯相映生辉，古朴的乡村美景、溪流、草地、篱笆都镶进了大饭店的空间里，溪水的柔性在万灯普照中把建筑装点得耀眼而美好，这里每一物总在展示着自己的姿态，物与物的相会深藏着豪华中的朴素。日本极少开发自己的资源，每寸土地贵如黄金，在日本想看到成片大块的黄土很难，草的生长覆盖了泥土，一年又一年草茂根深，这大概是日本人的自然而然的自然观，箱根的山，满坡绿茵，不见石脊，让人觉得空间过于温和，说是缺少硬的东西却有建筑和一些现代雕塑。我想，一座山一座山都让草的绿色包了起来，就像一块石头长满了青苔，这是一种什么滋味呢？以前在画册上常常感叹日本的庭园之美，这时走进庭园的空间，我突然感到是人造的自然，大自然的景色被浓缩一般，我又突发想起空旷的原野上可以奔跑、呐喊而尽性，人与旷野一直伸向天边。所以我感觉日本的现代文化有一种包装的自然美，从都市建筑到自然景观，从性情到绘画。在东京感觉到的美还是都市的人文景观，从建筑到街道，处处实现了一种聪慧和人类向往美好而达到的物质拥有。站在这里，会有一种满足感，这个都市好像是属于你的，你在瞬间拥有了它，同时也想到只有拼命工作才能与其相映，因为这里，处处有着诱人去享乐的意识，然而你又很难想象情感和友爱是什么，没有钱的滋味是最大的收获。人在自负的脸上隐含着阵阵焦虑，在这繁华的时空里，万盏灯光下映出一个个疲劳的人在急行中有一种睡不醒的感觉。笑声，哭声变得很陌生，人的习性在时空里是一步一回头，思考着明天的问题。人类物质文明的推进也把人推向了简、明、快。人的心性，人与自然的亲情怎么还原，人不能像汽车一样运转，也不能像汽车一样你废我补，闪亮的机器不懂言语，冷冰的寒气在制造着亦同的性格，生存价值用来装点大都市之夜，生命的财富好像那霓虹灯一瞬间的闪动，不断地重复再重复。

都市是人，人是都市，难怪凡高的《向日葵》带着那么多的烦恼与不安。站在凡高的《向日葵》前，一丝凉风从我火热的心底擦了过去，它像是一束光，来自思想，照亮思想，把一个现实生活中的人变成了精神生活中的"大我"，这大概是我们常说的艺术人格。如果一个人能把自己的生活经历和思想经历都能映在画面上，仅此一点，他的人格就会凹凸出来，而且清晰明朗，它的状态就是一种精神。然而后现代艺术已把都市的时空感转向了自己的内部，来进行历史或众多瞬间的创作体验，由此派生出一个个时代英雄。瞬间像是一种速度，在生活中处处显露着它的忙碌。早晨，灯亮了，看了时间，吆喝声开始了。接着碗声、锅声、门声，再接着车声、铃声又是人声。声音暗示出动作，在声音中行走，动作带着笑语，从这一边走到那一边，从那边又走到这边，几个人过去了，一群人过去了，一件一件、一样一样的事情过去了，你、我、他过去了，干什么过去了，怎么样过去了，前后忙乎着的过去了，应接不暇，一了再了还未了，一片片、一排排声音太近、太近，太清楚、太清楚。夜间，电话响了，你干吗呢？我说睡觉了。似乎每一种声音，每一个行为，每一件过去的事和正在做的事都可以成为画面的主体，人停着时速的感觉很瞬间，也很自我，但它一定还要转回来。如果说中国画的山水已经跨越了时速，那么它就像人在太空中的行走，有着大视野中的大散步，它空间无限。西方的绘画却像

高原的阳光

是进入时速里的一种静观，就如同在显微镜下去发现物壳的表层中的各种基因。齐白石的画是属于生活中的大视野，弗洛伊德的油画是生活瞬间中人的内在形态。二者都属于整体，一个是自然中的人，一个是社会中的人。

记得几年前，我去河西走廊，从敦煌乘车前往兰州，一路领略着自然的壮美，它的存在是净化灵魂的气象。我同时也在体悟着五代董源的笔墨境界，那苍苍茫茫的笔墨浸染在一山一水中，人越过了一个摔倒的自我，他在自然的时空里找到了方向。看河西走廊，清凉的原野与长城的残缺土墙在绿色中回旋，大地的宁静让人感叹着自我的渺小，高空的气象又让人感慨着自然的宏大。当我们的车经过两天行驶临近兰州城时，郊外山坡边上堆满了赭黑色的工业垃圾。只这一刻，我身心一动，生态的质变折断了我视野里的绿色，此刻我才回味出人在大工业都市里为什么有那么多的瞬间体验，有那么多的自我感觉，人的心性原本就属于自然。此时，我又感觉起中国山水画宁静致远的笔墨，它的本性似乎就是协调人与自然的空间，人的忧郁在笔墨的空间里跨越了自我，如果笔墨从面向自然而转向这一种工业文明带来的人文景观，它的感觉是一种什么情景呢?我想笔墨的文化时空会跨越这一现实的景观。然而西方弗洛伊德的画笔已经伸向了这一触动人的神经末梢。他的那些带血丝而冷漠的人，那些蜷曲扭伤的笔迹，就似一堆堆废弃的钢片，错综复杂地绞在一起，理不清。

一种文化能把一个时代的感觉浓缩在自己的画面上，这就显示出文化中的生活方式。我们往往注意自己的许多行为，并把它用之于符号、标签来复制个人意义的沉重思考，并流露出玩世不恭的形式。描述本身像是进入了状态，但这种状态空间是属于一个什么样的文化整体?如果说形式的

状态像西方人的感觉，这就产生了两种文化空间上的矛盾，它影响到画面结构的方位，更影响到画面的形式纯度，这种纯度是一种文化取向，它是画面的底蕴，它的背景是一种文化的整体。现象的瞬间体验又往往使人容易进入一个游离整体的局部，使画面的一块色一个造型都变得非常自我。《伊索寓言》中有个段子，讲渔夫们起网，网很沉，以为收获一定很多，哪知拉到岸上鱼不多石头多，他们心里很懊丧。结果他们当中一个老人说，朋友们，别难过，痛苦本是欢乐的姐妹，我们刚才高兴过了，现在该苦恼苦恼了。这个故事讲人不能只看自我体验的过程和结果，过分关注自我感觉就缺少了一个大我，他只好在瞬间的局部中得到快乐或痛苦。所谓画面的整体感就是一个大我的感觉。我的苦恼也正于此。笔墨是心性的文化，它属于自然的艺术。当其介入都市文化，它又面临着机械的方式。当然我可以从自然中寻求笔墨的文化心态，但是一个生活在都市的人，每天面对都市文化就不能不去思考笔墨的现状，否则笔墨的时代意义也会受到自我时空和传统时空的怀疑。不是要求它承载机器和高楼，而应把笔墨文化的思考介入其中来承载它不可回避的时代空间。让传统文化的精

神像水一样能渗透坚硬的表层，它的力量又附在了能浸染笔墨的宣纸中，以此之局限造成了痛苦的思考和试验，柔的水墨像自然的空间，都市文化是人的空间，它们的力量一个是自然，一个是人。我想以一种原形的方式来转换物体原形中的另一种东西，在常规中还原出它本身的和谐方式，即物的原本是物质，物在转换过程后还是本物的原形，但它的状态出现了一种精神，便是"仁者乐山，智者乐水"的快乐。苏轼《庐山烟雨》："庐山烟雨浙江潮，未到千般恨不消。到得还来无别事，庐山烟雨浙江潮。"这正是中国人对待事物过程及时空的体悟之觉。它的方式也印证了宣纸的承载方式。然而现在的一些笔墨观念在无限制中放大，它的原本状态受到挤压，笔墨负担的沉重使其形象的意义是在解释文化的存在意义。看齐白石的画，传统文化与生活方式和谐在宣纸的空间里，他把文化的空间意识回归到画面的基因内部来，放下了笔墨的"观念"，由此集体体验的一种共识在他的笔下产生了，它来去从容，气象清新明朗。

北宋人坚信着壮美，在他们的山水中蕴积着雄浑和博大的静气。元代四家的山水是人的心性也是山的心性。而明、清的作品使人觉得画里的生活状态复杂，情绪和浮躁的东西多了起来。时代出笔墨，问题是笔墨能否转换出人与社会、人与人、人与自然的精神。作为一个画者，大概一生的位置都要放在转换和衔接处，能否像水一样的宽厚，自然而无怨。中国佛教中有一句话，大意是：你把握了当下中的你，也就顿悟了。此语很具现代感，每个人都可以用这句话来说明自己，它既有最宽容的一面，也有最刻薄的一面。身心劳累和复杂事物交织一体时，开车到郊外的山里走上一趟，找一找回归自然那一刻的安慰，这并不是把握自己当下的方式，人的行为方式应该紧紧地连着一个整体的境界，把生活作为一种境界，人与事在其中的每一刻才有可能把握当下的自己。

现代的艺术一是远离现实，超出它；二是就近地听它的呼吸，感觉它的脉搏。如果将笔墨置于此中，它就成为一种直觉、一种经验、一种过程，它的复杂与单纯都可以走向极致。复杂的尽头是单纯，单纯的尽头是复杂，问题是当我们好像能把握住视觉形态上的现代感时，却同时又难以预料笔墨文化底蕴的整体在哪里。笔墨的形象是生活和经历的方式，但笔墨的原形却是和文化中的感觉紧密联系着生活的，若没有生活体验，也难

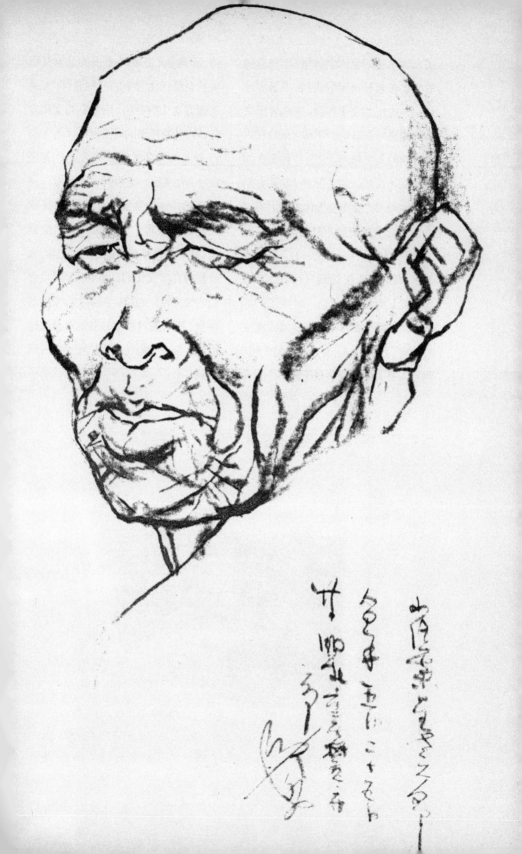

进入到笔墨的原形空间里。而视觉经验只附在笔墨原形的表层。笔墨原形是一种传统的文化精神，它也是人文精神的思考与取向。中国绘画的程式有鲜明的人文精神，它是一种文化的气息浸透在硕大的自然里，它是自然精神的观照。梁楷、贯休、徐渭的人生便是时空里流动不息的清泉，"一月印一切水，一切水映一月"便是笔墨生命的基点。王维的"行到水穷处，坐看云起时"，水成为一种淡泊的品格，走到了淡泊的境地便是博大虚空的宇宙，人还有什么不能超越的呢？西方人更关注自我存在于社会中的价值，于是他们的画中更多的是人在现实社会经历中带来的种种遭遇，人成为西方文化的主题。而笔墨的文化方式始终是在境遇的时空里体味着人与社会、人与自然的和谐方式。老子说："人法地，地法天，天法道，道法自然。"这是笔墨的方式，其生活状态是物化过程。只要翻开中国绘画史，那一张张一页页的山水、花卉、人物都融在了文化的品格和人格中，它们的博大精深就贮存在平常物象的品格里，而笔墨对都市的文化思考又提出了如何去把握传统文化精神的转换问题……

小草稿

● 田黎明

冬天的一个早晨，我跟往常一样匆匆走进画室，与静候的阳光一起站在已习惯的位置上。我望着这些不上眼的小草稿，寻常的双眼像是总要躲开它们，似乎藏着为了它们而承受的一种忧郁。这段日子里，我一阵子如暴雨后的猛醒，对自己的感觉是那样的肯定；一会儿又百思不解地去缠绕那茫然无头绪的感觉，一种我想说什么，又苦于言词的含糊不清的急躁情绪直接影响我的内部。教室的墙面上布满了我对它们的各种设想，小草稿只觉得我还是离它们远了些。但它们又隐隐地感到有一种不灭的气息始终绕在我与它们的四周。它的存在使我心血来潮式的想法一个接一个极快地消失在属于自己的内部中，常于眼前游晃的懵懂时而也在我内部感叹声里溜走，自我否定的苦衷在扩展中更加饱和，焦虑却踯躅在天天就在身边的阳光下，它们的邂逅给我一个答案：必须去接受自然的照射，我知道我的内部要去寻找的冥物是必定要经过"如登崤险，一步九叹"的跋涉的。自然就是这样，给我铺了路，让我自愿走了进去，于此过程我会生出许多难言的痛处。但我不去抱怨，只因它是生活的一部分。这时，窗外小胡同在熙攘过往的人群伴着小贩们油煎锅贴的嗞嗞声及一排排骑车人的吆喝声中喘了起来，太阳一个劲的向上升去。

我看着太阳，像是回到了以前一个静静的山乡。也是一个淡淡的清晨，光使山体渐渐显露出来，我登上了山头。小村的轮廓像山怀里熟睡的孩子，山生怕惊醒了他，太阳已润透了小村的脸颊，村上才有几户人家的袅袅白烟像孩子圆胖的小腿，懒懒地伸了起来。鸡打鸣，羊也咩咩地叫了几声，随后，小村又继续着秋闲的梦境。是我习惯了都市紧张的节奏，还是这四壁深处的独特？我感觉到四方的寂静都在向我走近，自然的缄默又让我心底回荡出都市的轰鸣：高速公路上的车速，繁华街道的拥挤，密集的人群在红绿灯的变化下来来去去，没有悠闲，像是涉历生活中的一件大事。小胡同倏忽地静了，窗外各种声音跟着上早班的高峰期过去了。我的神情又回到了这里。

桌上摆着我采撷的"果子"，要数速写本最具魅力。那是一幅《山高图》的造型，显得格外醒目。为了它，我选择了两山之间的风口，寒风也终于等来了对手，它极快地冻硬了我的手指，我浑身打着寒栗。是因为这座山的禀性沟通了我的内部，它不拔之志的沉毅使我不由自己用掌心握紧了笔杆，身体不再内缩，这时寒风使出了所有的法术，但，我同山一起任凭风的呼啸。随着画面的出现，心头自然升起一种崇高感，我站得更稳了。忽然，我眼前落下了九百年前范宽一座大山的图式，山那边的范宽正与我同时仰望这座耸立的峰柱，我们各自都在用自己的经历品味着崇高的意义。此刻，我一下察觉到范宽画面中的力量是来自对自然的一种发现，对自己的一种发现……我在兴奋中品咂着这种"发现"的滋味。当我再仰头望去，那里传来庄子与范宽的话语。忽地，庄子的"大鹏"已铺天盖地地飞过来，顿时，我觉得自己太小了。

几年过去了，那大鹏之影一直在我心底变化着，我的内部贮着往日的时空，使这小书桌也接受了自然中许多的存在。清溪、彩虹、旱土、风沙、白云、草垛、风声、乡语……它们如雪花一层一层轻轻地融化在我的土壤中，我开始评价对它们的印象了。我先选择了山村并给小草稿搬来了

五·十滩

徐明玉

254

一块村里的石墙，说是在它的身上可以找到一种古村淳厚的感觉；我又从小桌上引下一条小河，说是用它来映照山里人的纯净；再借上几套山里人的服饰，它们的意味很接近泥土的感觉。我认真极了，一坐就忘了时间……

　　三个月以后的现在，我已把石墙换成了石屋，把人物换成了老树，又移来了几座山丘，还不停地对小草稿作些解释。记不清我已给它们换了多少次外衣，但时间却让这里的一石一山闹独立了。小河说："我要回到自己的土壤中去，你说想画出你的感受，我不知你的感受是些什么。"山石说："虽然我很孤独，但我仿照肌里的质地可以乱真呢。"我忙补充："这只是画画结构的一部分。"几棵老树又说了："我们的结构与生命是共存的，你只看到你画面的需要，但你的需要没有让我们在你画面的结构中再生。"我在想，选择的题材是我曾感受到的，但题材的应用是需要用内部的经历和外部的经历交织出一种整体，来唤醒沉积在我内心一种生的体验。我自言道，一定让这些"果子"生出新的生命。一下，画面上的"材料"都折腾起来，我一时不知所措，小胡同里又泛起"面的"刺耳的喇叭声，一股莫名的烦躁从心底一涌

而起。此时我那恍惚的神情正显露在透明的阳光下，这一柱光顿时给我带来了一种情怀，似乎桌上的"山水草木"在经历了自己的忧郁与烦恼之后，都沉静在那里，我轻轻地同它们一起带着一种感触，落在一个纯净的自然状态中……

　　我从刚才的状态中醒了过来，小草稿问这心境是当时的，还是后来的，我脱口而出："我发现这是一种感觉。"同时来自我内部的又一个声音说：人人平时都会在常事常理中说出"我发现……"这类词语，说完就如同一片落叶随风而去，而你应该停留一会儿，看它的过程是否成为你生命之树的一粒种子。当一种"发现"到来，你必须聆听它与你内部邂逅的回音，你能分辨这声音的个性吗？声音有个性就有适合它生存的语言土壤。英国文人劳伦斯曾深有体会地说道："发现的东西一般来说都是很痛苦的。"因为只有"发现"你才能为它去付出所有。我在想，时空让我在耕耘中去反复接受"它"的声音，让"它"不断地沉积，在我内部的土壤中慢慢生根。

　　小胡同里静极了，教室内也静极了，只有我的呼吸声。忽然，一阵琅琅念书声远远地从胡同北的小学楼里传来。然而，时间很快就从现在的时

刻引开我，把我一下推到陕北黄土塬上。一个女孩儿在窑洞前推着沉重的石磨，她的妹妹捧着粗瓷的大碗，黑黑的碗底有一层黄土色的玉米糊。我带着埋怨的口气问正在做活的壮年人："老乡，孩子怎么没去上学？"壮年人憨笑着说："娃子娘是个残弱，干活的人手不够。"我又问壮年人一个月能挣多少钱，他又憨笑一下："平均一天八角钱。"我心里一凉：还不够城里的孩子吃一根冰棍的钱！女孩儿还在推着石磨，她缓慢重复的步子使我觉到了一种疼痛；她的妹妹还捧着碗呆呆地看着我，这目光让我如何承受；壮年人默默用力地干着活。也许是"此时无声胜有声"，我在土窑前静静地停了许久，望着眼前茫茫的黄土，似乎尝到了一种苍白的苦涩。所有的怨气在这里都会化为一片善良，所有的笑语在这里也会变成一团愁云……黄风又吹来了，我狠狠地吸了几大口黄风中的尘土，我想喊……

一种触动如遇风雷，一种心境抛开常规。咀嚼着时空中的滋味，这是一种感动。它与画面上的形没有联系，它与画面的境界也相去甚远，但它与画面有一种距离，一种可使画面具有生命感的距离。它自有它的气息，也有它的情绪，它会经过我历数千百回的往返，停歇在我内部冥想。

也许某一天，我发现它会瞬间闪出一道光束，把浮在画面上零星散失喧嚣的笔墨都聚在这一光束下，用它的性格，用它的热量给笔墨以生命。生活与画面是一个距离的两端，一端为身临其景，一端为身临其境。从景到境之间的空间正是用功之处。此刻，我再一次沿着历史剩下的"距离"再去体会那干笔湿墨的语境……在它无垠的空间里，我再次听到编钟一样雄厚的沉音："用你的经历走进水墨画蕴含的不以言传而以心会的一个大写的——自然。"恍惚中，在我眼前映现出林木幽深的山谷，它的极深处有一个"亿万恒星千宇宙，我身仍是此中人"的元代画家王叔明站在"山壁"上；有一个"说不尽山水好景，但付沉吟，当不起世态炎凉，惟在哭泣"的半痴半醒的八大山人；山影中还有一人，一边漫步一边吟"常于宵深人静中，企户独立领其趣"，他正有滋有味地品咂着"墨见笔笔含墨"、"墨墨团中天地宽"，这不是黄宾虹老先生吗？这些历史的巨匠们在岁月的时空里，不论是"真力弥满，万象在旁"，或是"心淡淡，意超超"，还是"耕耘自种南山田"，他们都在用毕生的经历和心血来追求和崇尚自然，一个人类共有的自然。

整体的生命始终是互通的。我知

道剪纸，一把剪刀、一张红纸，普通极了，但到了乡下人手里就变成了一种语言。题材、造型、配色和剪法都相互紧抱着，它们齐声唱着乡里人的土语。别小看这土语，它可连着世代乡人对这片土曾经过的和正在发生的种种说头，这些说头聚在一起便形成了乡土文化的一种氛围，它的状态，它的气息，也就成了它的感觉和它的题材。用法国画家德拉克洛瓦的话讲："题材——这就是你自己，就是你看事物所产生的印象和感受……"我记得一位音乐家在地头与一位农民聊天，他们有了相互了解之后，农民自然地叙述起庄稼人的许多事情来。音乐家不是小说家，他听着农民朴实的叙述，从中得到了启示，发现了一种以叙述口吻的曲调更能接近农民的感情。音乐家用音符来感觉农民的口语，似从泥土中聚起了一种音乐，这是音乐家经历过的一种感觉，它的出现更是一种发现。荷兰画家凡高早有感触地叹道："如果能在农民画上闻到熏腊肉味、煮土豆的蒸气味，那就好了。"多么平凡的感觉啊！小草稿同我一样，正在琢磨着凡高的感觉和笔触是如何品尝出煮土豆的滋味的呢。

好想画画呀。能把自然中一个极平常的感觉放在画面上，这样的念头一直萦绕在我的心里。挂在小草稿身边的几幅人物写生说话了：这里有你几年来在课堂上已经掌握的一些技巧，师长的严教使你于扎实的基本功训练中始终尊重来自你的内部的一些力量，就像米开朗基罗创造的人体真如战场上的号声，能让你每一根神经与血管都受到极大的震动。在写生中要有直觉和对物象结构的理性分析，更需要米氏这样的一种感觉来交融。唐人曹霸画人马，元人赵子昂评其："……此画曹笔无疑，围人、太仆，自有一种气象，非俗人所能知也。"这是属于气质的、性情的，还是状物的、经验的、意象的……它似抽象，但紧紧贴近属于它的具体形象中。正如一条河流，所产生的境是离不开它的生存环境的。记得我曾在乡下画一老人，他脸部和手的结构异常清晰，我并未马上动手去画，我在看他，在琢磨着什么。"山野一样的凹凸，一棵大树的脊柱……"我的感觉停在老人的"环境"中：孩童般的目光，似冬天的夜空清澈透明……我在用我的经历去体味，海明威笔下的老人，似一块斑痕累累的岩石，又似一种力量的沉积。一会儿，老人疲倦了，有如夕阳下的山峦，沉睡在温暖的怀抱……身临其境中才有了"寻象以观意"的一种穿凿方式，将其形迹延伸到自然时空的形迹中……似乎你的画面能力顺着我内部躁动的体验的牵引化作溪水，穿过谷底，流经草地，绕过浅滩，在雨水中，在阳光下带着汇聚的清泉，连着野草的气息，寻找着自己的方位。它不急不躁，一切都顺应在自然的怀抱里，不停地映出它感觉的山影和林木。小风吹来，溪水低唱，音回四方，像是感叹这取之不尽最平凡的风景。

不知过了多久，我一直在这样的气息中呼吸着，空气透明极了。它的深处渐渐传来喃喃自语声，我静静望去，它来自于我的小书桌上：有乔尔乔内和他的《田园齐奏》，有董源和他的《夏山图》，那边还有范宽和塞尚在相互地谈论着什么。他们都是平常人，却从自然中获得了平常心，无论时空变化如何，日月的流逝使他们的智慧天然地相聚在一个平面上，他们的声音叩响了这里人们的心绪。

教室里静极了，我还在思想着……当一个人，在自然性情和人类的性情里终于发现了属于自己性情的土壤，他会毫不犹豫地把自己当成一粒种子抛向这一片土地。

时间仿佛在我面前渐渐地铺开了一条河。在河的东方，我远远看到一个安然于往日的宁静，撑着小船，乘风而去的王维。他正漫游河面，望"白水明田外"、吟"碧峰出山后",又顺流而下,再"行到水穷处,坐看云起时"。平平淡淡,人归自然,我目送闲人,不问炎凉。河面"一波起而万波随",不尽空水,清愁生风唤出个倪云林。其人似荒岭孤云以疏柳为伴,此刻正隐在"山水"之后蕴积着胸中逸气……只见"山开云吐气,风喷浪生花"。一船直下月夜独徘徊,一言又回响:"一室之中可以照天下,观万有,通昼夜,一梦觉而无不知。"好一句狂言似一道闪电划在江河四野的上空,剥出个"白发三千丈,缘愁似个长"的徐青藤。天渐白,风已平,昨夜人间似怨天。今有昔耶居士,布衣芒鞋,平步从山重水复中走来,见山乐山,见水乐水,江路又识孤梅野鹤。居士拱手:"先问梅花后问鹤,野梅瘦鹤各平安。"只见那梅鹤又邀昔耶居士游"春秋",昔耶居士无闲日——"我意长饥鹤缺粮,携鹤且抱梅花睡。"——突然,我的感觉有些模糊,居士似梅,还是梅似居士?感觉顿生昔者庄周梦蝶之境:"不知周之梦为蝴蝶欤,蝴蝶之梦为周欤?同与蝴蝶则必有分矣。此之谓物化。"我心头一震:"积好在心,久而化之。""我即有障,物遂失真。"只有一瞬间,我"心地空明,意度高远……山川花鸟,关我性情"。河还在平静中缓缓

260

地流着，忽然从远方传来一阵阵呐喊声，我定神看去，河的西方又是一片耀眼的彩河。那是美国现代画家波洛克正提着他那盛有思想的小桶，站在河岩上回顾四望，踌躇满志，来回不停地踱着他没有开头、没有结尾、也没有中心的步子，所到之处都对四方构成一种冲击。那边的一个法国画家让·杜布菲似乎没有示弱，他自信的表情里充满了内在的冲击力。难怪从四周人群里爆出一片惊叹，原来他的声音里带有一种人类原始精神的符咒，使人处在攘臂亢奋而又失重的状态中。我也似乎被那里尽可以来参与的一种氛围吸引了，他们曾使我对小草稿们怀疑过，但时间和自然很快召回了我。我觉得为之激动的一种感觉无疑是一种养分，它会在我不停咀嚼中融化到属于自己的土壤中生长。西班牙人塔比亚斯曾心有所悟地说："一种艺术形象的产生，形式的改变，既取决于内容的变化，还取决于社会的一种特殊状态——心理和艺术的状态。"是的，我对手中翻着的一本小弗洛伊德的画册就有这样的感觉："一个人必须为自己创造一种视觉的意义。"我想这个"自己"的含义应该放到人类的意义中来理解。

窗外，小胡同又开始热闹了，我心底的冲动正悄悄地向着清纯的方

向挪移。我打开了画室的窗户，室外的阳光都涌了进来，我打开教室的门，外面的空气净透空明。此时我的内部已决定要把自己心中不灭的东西放在自然中去接受它的照射，让自己的心境在自然的阳光下铺出一个鲜明的平面。自然就是一面镜子，它最善于汇聚属于自己的一切。它的方式告诉我，日常中的一言一行，情绪的、心态的；自然界的种种现象，变化的、静止的，从大到小都储藏着自然的情状。其过程在听觉、视觉、触觉、感觉中又各不相同：意志伴着柔弱，痛苦连着欢乐，浑浊沉淀出清纯，轻浮里感叹着稳重，躁动下寻觅着宁静；永恒与瞬间，现在与历史，时间与空间都在相互的碰撞中去聚集它们的闪光，以照亮自己在自然中的方位……许久，我的视野再次经过我的内部，如乘一叶小舟，直下自然的江河。时间给我指点着两岸高耸的群峰，我一眼望去，这是一片让人心底激荡的沃土，它"具备万物，横绝太空，荒荒流云，寥寥长风，超以象外，得其环中，接之匪强，来之无穷"。人变小了，在空间的进程里多么需要有大风景来造就大胸怀；人变大了，是大感觉蕴藏着大情怀，有如一道霞光穿透层层云雾，向远方飞速奔去……

猛地一个闪念在我心中停了一下，我又记起我的小草稿。我想看到它们，有许多话需要从头说起。当我在无意的回首中发现自己在自然中的方位时同时也发现了它们，相距只有一步之遥，时间没有停下，我带着小草稿一同向自然中走去……

平静的胡同内又开始了热闹……太阳似乎已经照亮了整个地球的表面，我在感觉着它的温暖——我心中的太阳。

1983年 6月 21日　　　上午

一年多平凡的日子过去了。

还记得至第一张时，我面对信向口宣纸，内心充满了激动和憧憬。我想象色怎样是如何□宁静，阳光洒在画面里，几个男心在水里静之地□字学着自然中山之命。我想□也做了刻研前口笔记和色面局了口练习。好了，可以开始色了。

宣纸终于铺开了，笔墨开始诉说了，不是奔向□自然中山强强……日复一日，画随着笔墨玉来了，也跟着玉来了。

我就常之在学生可见的形象中还出了学生是叙述可感的形象。

　　中国人很讲缘遇，著传物者更属至缘之玄成，墨在纸上行走又何甚不是缘遇呢，墨不遇色，色不遇墨若没有缘遇此刻会有的苦恼也无以言传。走马观花是空间的观察方式，而目识心记是时间的心理方式。二者之间乃使景情景相合。情人布颜图说"境界因地成形，相机换形，千奇万状，难以备述。"可见转动的空间象外之意是层层叠置，如山水环绕方得溟濛，而学生，面对一个对象，排距仅三至四米，空间甚短，会意则长，当之笔随心形并行交诱时，那便是仁者见仁，智者见智了。但是学生中，往往易惹形，少胸臆，此时最让人躁动，然躁动之时更要有一种忘象之心态，不可执于画面的形律，而执于去个画面的情机，我亦喜每一次的认真看待学生的画画，如田日学的每一天，不求功进，但求充实。让自己每日都有精进，一点一滴去汇聚。

明人茶甚昌盛谈到用笔讲笔画有凹凸之形，这是东方人的情构意设，这是一种物化的意程。王维的一首小诗"轻阴阁小雨，深院尽慵开。坐看苍苔色，欲上人衣来。"是景随人还是人随景，人与景连为一体了。我看到中国唐汉以前雕塑尤其是佛教中的塑像，其衣褶从上下始终不离体，宛若"曹衣出水"衣褶紧贴于体，线进入体中，它生发在宁静的心性中，毫无浮于体外之线。我想到了平生中这种表现方式更是将线浸透于水中，让它吃进水色、墨色之体，~~那种是直接句于纸上~~ 这种内连的感觉在我日后的创作中我把它称之为~~连体~~——连体法。

我发现连体法可以成为融墨法的内力，起到线的支撑作用，在形式上画可以与融墨法协同。线融入墨色中，使线不浮于融墨的层面，而与融墨紧紧相贴，看去从一个平面中的墨色的内情构又处处显出了连体用墨用色随遇而变的状态。88年我画了"荷塘女"及连轧乡才内女机诸移入体，我也把连体法用之于融墨中，连体笔的用笔，它可以走点，可以走线，个人的真与生活中的我只可以达到一个吗。

两种生，定的生活方式又性生能动着他们以往存留间，而以我为中心的你……要尝试把绳索所许……

形地说：现实生活每每与单纯交织在心态……普……我
当我

社会体验令巨大的现实感向我的扑去了。要思索
笔墨的空间，……这并不是说什么样的方式适
合于我，我就拿来用，这里仍有一个"……学术
与我人格状态和对生存方式思索的问题。如
果把我的这个中心，我的得失便成了思索之中心
，当然西人对人本的反省是一个社会发展的
问题，所有西方现代艺术无不是对这一问
题的痛苦的思索，我在那里，我要到那里去
。这是因为"文化工业"产生着千篇一律的社
会模式，人们象重复的小汽车在规范的高速轨道
路上行走着，人如同机器上的镙钉，个性不复
复返，大家都一样，民在这样的机遇中赔尽自
己的个性，默默地承受着"高科枝"的摩
损。笔墨是中国文化的性情，它的柔弱方式如
何承载现代工业文明，然而笔墨如何进入现代
，现代的笔墨又意味着什么呢，如果它包装起来，
它的本身所承载的文化底蕴即会消失，那么
这个笔墨一定越古越好吗。二者的相谐蕴

笔墨是一种性情的文化，它的承载另是一种心

每天的生活总是如此的相似

平淡中见深远
——我看田黎明的画

● 宋晓霞

　　艺术本应与文化生命同向前进，以此表现时代的文化心理和现代人的精神状态。在笔墨、造型、色彩、意境等各个方面，蕴含现代中国人的审美意趣，创造新的美感，是中国画艺术发展自身的内在要求，也是顺应此一发展的艺术家自觉的选择。田黎明学习传统，从笔墨形式入手然不止于模仿传统的形式，而是更深一步去探寻古人深入生命节奏的观照方式及其活跃的创造精神，乃至今天仍有生命力的审美理想。这些是比具体的笔墨程式、方法更为抽象和普遍的因素，在中国艺术发展中具有恒常意义。田黎明一面不断地把握中国民族审美心理结构中的恒常性因素，一面在水墨人物画的探索中避免使用笔墨惯性下的、以往成功的表达方式，尝试建立与新的意蕴相契合的而且是民族性的笔墨形式。

在中国画的发展中，引入西方造型、透视观念和科学的基础训练方法，给传统中国画注入了新的意蕴和形式因素，同时也使中国画的写意传统受到一定的冲击。中西艺术根植于不同的文化传统和意识结构，在不断撞击过程中双方皆根据自己的基础选择和汲取，经过个体的消融形成内容与形式的双重改造，这自然也会反过来作用于原有的艺术基础。从艺术史的发展来看，融合即是一个潜移默化的变化着的状态，是创造现代民族艺术的前提，从特定时代的艺术家个体来看，融合则是一种审时度势的方位，一种超越既定传统意识的胸襟和促进中国画由古典形态向现代形态转换的自觉意识。

艺术家在传统形式与现实生活、本位文化与外来文化之间的徘徊，是一种极为错综复杂的境况。现代大师或名家的成功，并不能给当代人一个可供依循的模式。在对传统的回顾和对未来的遥瞻中，田黎明回返自心——创作主体，选择以生命的体验为其创造的根基。他将绘画视为人之生命形式的转换，此一转换包含着自然之生命体验和画面之生命价值两个层面。无疑这是给自己树立了一个很高的目标，然而"真"与"诚"不正是我们所期望的艺术的实质？生命的体验，自一方面而言，乃是在人生实践中随时随地的感受与省悟，自另一方面而言，笔墨的浓淡干湿、开合聚散、虚实疏密所形成的美感无不是生命体验的转换，在笔墨的运动中具有生命的价值。生命的体验是一种直觉和整体的把握，它使画面中的形式要素组织成一个富有节奏的生命体，遂将审美客体由外在物转化为主体深心的内在物。这是一个感受的过程，也是一个语言摸索的过程。田黎明在《生活似群山，情似溪流》一文中谈到，他时常会在生活的一个常景或是画面的一点偶然效果中得到点悟，从中找到生活实感与审美趣味以及画面语言的契合点，这是画家在对"心源"和"造化"的领悟和震动中诞生的意境。故而，画面已不仅是一种形式语言符号的探索，而且由此能够渗透出时代感、历史感、文化感，以及

画家主体的认识。自然，这种偶然的领悟，源于画家平素的精神涵养和静观寂照的心襟。今人对生命的体验，既要在凡人常景中领悟宇宙的自然化机，又要面对四周由机械文明创造的第二自然，还要敏感地体察在第二自然中失落了精神平衡的复杂心态。前者在传统形式语言中曾有谐和完美的表达，今人观之，人同此心，心同此情，果然如此，对中国之文化精神是真有领悟。然而，古法终归不是己法，以个人的形式创造体现广大悠久的民族精神方能使之日扩日大。生命体验的后两者，则是古典的和谐所难以涵容的。如何把这种时代感受和生活体验，以至精神深层的微妙而敏感的颤动转换到画面中去，形成独特的视觉语言，使形式语言和审美感受天衣无缝，实现画面的生命价值，乃是田黎明梦寐以求的。他自称"这是一个亲身经历于生活、画面的艰辛历程。"

研究田黎明的人物画创作，可以从《碑林》(1984年)开始。因为这幅作品的创作及其有关讨论，促使田黎明进入对水墨人物画的深入思考，成为他整个创作的转折点。在《碑林》中，雕像般的体积感和重复饱满的构图，形成了画面整体性的视觉力度，强化了作品的主题。对整体感和构造

性的明确要求是田黎明水墨人物画形式语言的一个重要趋向。他在北宋范宽的山水画里发现了与己心相契合的沉厚博大之境界,这给他的画面灌注了崇高雄浑的气象,此一气象在他后一时期的探索中虽不显见,却是真力弥满万象在旁的底蕴。在人物画中,借鉴山水花鸟画的手法和意境,并在审美境界上趋向一致,是始于《碑林》且贯穿田黎明创作始终的尝试。他由《碑林》的创作认识到,只有在审美的境界上有所突破,画面的形式语言才会发生转换。

审美境界上的突破,具体说来即是在人物画中强调人之内在与共有精神,相对忽略人物具体的、表面的、暂时的特性,在画面中追寻一个使心灵与宇宙深化的境界。在中国哲学里,"性则个人小体生命所各别具有,道则人群大生命之共同趋向"(钱穆《中国文化特质》)。艺术家应由性及道来把握自己画面的形式创造。一切艺术不过是托个人小体生命以映照群体大生命。在人类的精神领域里,共同性、永恒性更具内在的力量,它们能够超越个体的生命,在人类的精神生命中得到遥遥嗣响。相形之下,转瞬即逝的个人哀乐无足轻重。所以,田黎明对自己富有个性的系列毛笔人体画(1986年)并不十分看重。这些作品被他概括为由某个特定时期心态形成的语言形式,因而只是阶段性的、浅层的,而不是他所追求的最高审美理想。

审美观念的转变,引发了田黎明水墨人物画探索的一个新时期。1987年,他创作了《小溪》、《老河》、《草原》等水墨人物肖像系列。这个系列的作品,吸收了花鸟画中的没骨画法,人物形象由墨彩直接晕染而成,遂打破了传统人物画以线造型的程式,而以墨彩晕染的"面"——从传统山水画中吸收的因素,为主要形式语言,使之成为人物画中表现内在生命韵律的因素。它在画面上不仅具有平面整体构造的作用,而且具有写意

自画像

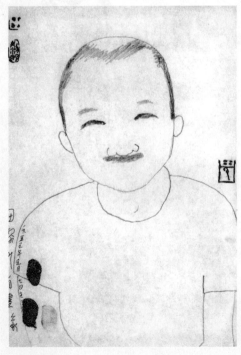

功能。田黎明充分发挥了笔墨媒介材料的特性，使墨彩晕染的面成为相对独立的形式因素和主体情意的载体。人物的形象，在空明的背景上以团块型的淡彩构成，形成了一种浑融饱满的整体气势，在总体上决定了画面的意境和格调。同时，这些水墨肖像又非常微妙耐看。在具体的笔墨处理中，画家将指之所触、目之所视、心之所感综合注入笔之运行当中，故能把握极为细腻微妙的水墨和色彩的变化与对比。田黎明这批肖像画，基本是意象色，这在传统文人画中已有先例。他的色彩探索并不局限于"随类赋彩"，而是以一种颜色的浓、淡、干、湿、润及其与墨的对比来寻找不同色度的微妙变化，有意识地探索色彩本身的律动、节奏和韵味，这样色彩就不是人物画中附着的效果，而具有某种本质的意义。

田黎明对于色彩和人物形象的探索，与画家主观精神密切相结合，他是按照自己的创作心态来把握用色，所以在这些没骨人物肖像中他对形式语言和审美感受之间的关系把握得比较准确、清晰。在他后来的一系列探索中，也是根据中国人对天地自然的特有认识运用色彩，试图在永恒的视野中把握宇宙万物固有的状态，而不是追摹自然界变化万千的瞬间印象。从形式材料方面看，也避免了宣纸、笔墨自身的局限，进而发挥水墨画才有的微妙特性。

田黎明水墨人物肖像追求的是整体性的美感，它所表现的也不是某个具体有限的人物，而是见诸形象之外的人的本体和生命。好像琴声停止，而不绝之余音却更能撩动人之情思，引起人的回味；田黎明强化了一种视觉转化的功能，使墨色的微妙变化相对处于一种最饱满、最富有启发性的状态，充分运用了材料与技巧去实现象外之境，给观众留下广阔的想象余地。这也是中国传统艺术的审美理想。现代水墨人物画借助西画的写生方式，挖掘人物丰富的个性和深刻的社会性，表现具体的社会历史情境，使人物画向真实感、客体性靠拢，以刻画精微、笔墨活脱有力的形式校正了明清以来人物画创作日趋概念化、公式化的倾向，取得了显著的成果。然而田黎明没有因循这条写实的道路，他的人物画在某种意义上可以说是回归了写意的传统。认真探寻现代写意语言的创造性转换，以表现当代人的精神状态，在现代水墨人物画的发展中不失为有益的尝试。

以《小溪》为代表的肖像系列画，用单个人物的造型象征性地暗示了人与自然的关系。田黎明随后创作的

淡彩人体系列画(1988—1989年)，直接表现了他所领悟的中国人的自然观念。人体是西方绘画的传统题材，在中国传统绘画中极少出现。田黎明的水墨人体，自然是从西方艺术传统中借鉴来的，或许也受到林风眠水墨人体画的影响，不过他借助人体所表现的纯粹是中国人的审美理想和中国的艺术意境。在田黎明的画面中，人体是自然里的一个空间，如树如石如水如云，和自然浑然一体。它所启示的境界静谧而又活跃，平淡而又深远。宇宙的自然化迁虽动而静，与自然精神合一的人生亦是虽动而静。这无限的"静"，即是宇宙最深的结构。静观寂照方能深入宇宙跃动的万象，涵映人心的深邃与精微，从一枝一叶中体悟到无限。艺术家就是要在作品里把握天地境界，然而这种超越的精神又是寄托在自然感性之中，具体地贯注到社会实际生活里的。所以在静的境界中有生命的流行，也有人情的渗透。"静"是纯素、明澈的主观精神状态，是审美观照的基本方式，也是中国传统艺术的境界。它使心灵和宇宙净化，生发出一种精神的生机与生意。几乎所有敏感的艺术家都意识到在机械文明创造的第二自然中精神的失落，人事的谋算、物欲的渴望、传播媒介的"侵扰"，主宰了日常生活的每个环节，扼杀着技术性思维以外的本体性思维，也掩蔽了生命的真相与意义。即使是以召唤精神解放为目的的艺术领域，也不免以此时此地的现实性作为衡量价值的唯一尺度。但是，"静"的境界无涉利害，超乎功利，从人心深境唤出了一个与可视的动荡现实全然对立的非现实的精神境界，那精神的勃勃生意与无限生机使在现实生活中被扭曲的精神得到舒展，被异化了的自我得到修复。从这个意义上我们再来回味田黎明淡彩人体系列及其所追求的境界，才不会把此一与道体亲合的"纯审美"，视为是低于道德范畴的愉悦耳目的一般感性形式，才不会因其所画不是重大题材，而轻视了它在我们时代的意义。我们每个人都面临着两种相互冲突的哲学(包括相应的人生目的和生命代价)的抉择，即建立于伦理意义基础上的哲学和建立于本体意义基础上的哲学。一味服从，不动脑筋，比自己抉择相对容易一些，但是却回避了作为人必须承担的责任。田黎明没有回避这一抉择，他根据自己的内在需要选择了后者。对于一个人来说，无论他作出哪种选择，如果他理解了他的选择所依据的原则，那么他的选择就是合乎理性的。对于艺术家来说，他对自然与人生的思考并不是抽象的，而往往是浸润在他所具体操作的艺术形式当中，在这"形式"里启示了精神的意义、生命的境界和心灵的幽韵，因为他的使命就是将生命表现于形式之中，惟有在形式的创造中才能使本体显现，才能真正地进入历史。

将光影作为一种绘画语言的要素引入画面，已不仅仅是一种画面上的偶然效果，其实水滴在宣纸上再用墨这种方法人人皆知，然而田黎明将它与光影的感受相结合遂使人对它重新认识和重新发现。经过理性的形式分析和实践的技术摸索，光影成为田黎明水墨人物画中新的造型语言。这是在生活感受与审美情趣的交融

中，在自然性灵与天地生生之气的自然凑泊里形成的语言。创作于1987—1988年的水墨人物肖像系列皆取逆光画法，似已暗示了他对光影的兴趣。光影的引入，深化了他对人与自然关系的探索。同前两年的淡彩人体相比较，在这些带有光影的画面中（1990年），人体或人物的造型同样恬静、随意、单纯、舒展，有如植物沉落于宇宙悠渺的太空中，自然地生长或憩息。运线同是一反传统绘画讲求的"力透纸背"的涩重感，而好像舞者用轻盈的脚尖划出优美而富有弹力的运行线，用笔从容、松脱、自然、求简。这是与田黎明主观心态相契合的形式语汇和表达方式，符合整个画面的意境。光影的语言，改变了画面的空间，使这些带有光感的作品和淡彩人体相比有了全新的感受。中国画的空间往往是在山水画而不是人物画中体现出来的，北宋郭熙总结为三远之说。这是古人在其实际观照中提炼出的心与境交融的意境。此一观照方式，是一目千里、把握大自然的全面节奏与和谐，根据这一全面的节奏与和谐来决定各部分、组织各部分。

田黎明淡彩人体画即是以心灵的俯仰的眼织成的平面的有机统一的生命境界。在这个生命境界中再播散太阳跳跃的光斑，"上下四旁，明晦借映"（清人华琳《南宗抉秘》），光斑生动的节奏趋势遂引起我们的空间感觉。田黎明画面上的光斑没有固定的光源，似有笼罩全景的树影将华晖掩映披离，"直视之如决流之推波，睨视之如行云之推月。"（同上）虚与实、明与暗联成一片波动，将人心引入一个阴阳相生的宇宙，神游其中，物我两忘，由此而领悟天地变化之本根。光影所结构的空间，是诗意的创造性的空间。

运用光影，使田黎明在经营位置、安排画面时获得了创作心态的相对自由。通过画面中最近的一个点和最远的一个空白，可以把不同景深的物象随意地组织到一个平面里。虽然光斑只是一块白，它所起的作用却和墨色完全不同，一方面它解决了前后空间的平面感的问题；另一方面，光点就像是照相底片上墨点的一种写照，在这一点上即寓示了阴阳的相反与相成，虚也是实，实也是虚，无论留白与否，皆有灵气往来其间。田黎明画面中的光点，和传统绘画讲究的"虚实相生，无画处皆成妙境"(笪重光)神气相通，面貌不同，在技法上具有开拓意义。田黎明藉光点打破了传统水墨人物画人物加背景的习惯手法，变前后关系为并置关系，着重于画面空间的构成美。在现代山水画中，林风眠和李可染也曾在光色的领域里有过成功的探索。林风眠的彩墨风景作品《秋艳》，从油画里借鉴了艳丽的红色、黄色和逆光处理，把它和具有传统水墨意味的形象和境界结合起来，构成强烈、鲜艳、深重、丰富而又蕴藉的画面。李可染将画面的明暗处理与传统绘画的虚实、轻重处理相融合，使光色成为追求山水境界真实感的一个要素。田黎明作品中的光彩，则是他胸中的光影，是从他的及万物的本体里流出来，呈现于画面的生命的节奏。他并不以光的明暗、色的冷暖的变化关系来塑造体积，而把光影转换为中国绘画的平面观照。这样，光影既是一种结构画面空间的造型语言，亦是一种对自然的观照方式。

在随后一个时期里，田黎明开始进入了综合性的创作，这个阶段的作品综合了他自水墨人物肖像以来几个阶段的要素。作品的题材，仍然是置身于自然景观中的人物。在具体画面的构成中，光影转变为局部的因素，而大片团块的彩墨成为整体的因素，如画阴影中的人物，通过大片滋润的墨，有机地结合了点、线的水墨感觉，试图包含更多的内容，使自己的形式语言更加成熟。真正成熟的语言是近乎天机的流露，如花开、水流、鸟鸣、真正成熟的画面呈现自然的生命状态。这乃是田黎明艺术发展与追求的方向。他在创作笔记中写道："东方人的情感是细微处见性情，平淡里显深沉。平淡之处包含着博大，开朗中蕴含着通达。似乎一切都包容在平淡之中。平淡以自然见长，只有自然的才是平淡的。"当田黎明为自己确定这样一种审美理想的时候，他自身或许并没有意识到，然而却提醒我们在古今与东西的冲突中努力重建中国现代水墨画赖以安身立命的价值核心。这是需要一代艺术家投入其整个生命的艰辛历程。

田黎明在日本庭园

"忽逢幽人　如见道心"

——读田黎明水墨人物画

● 梅墨生

一

每位成熟的画家，一定都抱有自我的"道心"。只是由于各自内质与所历的外境不同，自然画家们的"道心"终必有异。日益引起画坛关注的青年画家田黎明，又抱有什么样的"道心"呢?依我的看法，他的"道心"是从来也没有离开过礼赞生命，眷爱自然的一种真正的诗心。他用他极富个性的艺术语言，无厌倦地重复述说着一个永恒的人生命题，一个包蕴哲思的道者的澄怀。在他的绘画里，纷纭万象的人间世态被提炼成一个个不确定的语境，万千脸谱被概括为一个大写的"人"字，人与自然混化如一，没有不谐和的跳跃，没有突兀横出的奇怪，一切生命都在律动，一切生命又都归于宁静，仿佛他澄怀观道的要义尽在不言之中，而又令人清清楚楚地感受到它，感受到画家深藏于内的一颗烂漫而平淡的诗心，平常而深邃的道心！

二

田黎明是一位画中的田园诗人，他的绘画诗情浓郁，气质浪漫，几乎每件作品都可以撩拨起读者对于质朴生活和充满生机的大自然的眷恋情绪。黎明是一个朴讷的人，作为朋友我也从未有幸读到他的一首诗作。但面对着他那些诗魂萦绕的绘画，我无论如何也不能不以"真诗人"目之。黎明的绘画之诗，是"豪华落尽见真淳"的境界，而那真淳又是包含了何等样的丰富色相啊！《小溪》(1987 年)

的浓艳高华、《荷》的质朴清纯、《松》的清幽静肃、《夕阳》的迷离斑烂，正如一首首乡歌、一首首古调，荡人心魂，余味堪尝。与时俗中的许多人物画相比，黎明的画，可谓别备深情高韵，不落人诠，浓情淡出，感人至深。他既不在画面上猎奇逞巧，矜险作怪，作表面之惊人语以唬人，又没有远离生活，走向抽象主义的极端。他紧紧把握住中国绘画的传统精神——以形写神，以神驭形，形神兼备，在"似与不似"之间，大胆处理，惨淡经营，不断丰富和完善着自己的绘画语言。黎明的人物画，人物形象一般不做具体而细致的描绘，但整体神情姿态的把握却又每每极为传神，这固然与他的专业训练和技巧精熟有关，但似也不能忽略他极善于观察和捕捉人物心态与情绪的特殊资才。很多情况下，他的画中人物都是概括了的人的符号，并不确指什么。按说这种处理，很容易造成绘画语言的单调与重复。但观黎明的画，却绝没有这样的感觉，是什么原因呢?回答很简单：因为田黎明的人物形象虽然具有一种共性特征，但在不同的画面上，每个人物——"人"的符号都放在了不同的情境氛围里，他们或站或倚，或躺或泳，或凝眸或侧躯遐想，总之是各自又都进入了不同的境界——田黎明为他们设计的情调幻象里。为此，《宇》中的村姑虽然赤裸成群，但作品中丝毫看不见低俗的调笑与病态的无聊，她们融化在天地之间，观照在自然之内，她们的灵与肉祖呈一如，她们忘却了自身的存在与美，她们只在偶尔的惊动下(似来自画外的我们)，才惊觉了，生出一股羞报来。而那《山野》中的野妹子们，尽管穿上了云霞一样的衣裳，却面对着世界略带麻木地痴望着，但她们的灵魂也是无啥遮掩的。《宇》是她们的"生"，而《山野》是她们的"活"，她们游悠在广袤的人类生命的时空里。可见田黎明不仅以画作诗，以画抒情，更以画传递他的哲思与道家色彩的人生观念。

这种情调又是整合了万种风情的。所以，观田黎明的画总可以让我们体会到他内心世界的无比微妙与细腻来。在"凝眸"的共性人物符号中，画家赋予了其异常丰富的情感内涵，因此，《坤》的游泳人物与《阳光》的耕耘人物同样静默地注视着你，注视着他们愈感陌生和愈觉厌恶的"我们"——日渐功利的现代社会。黎明的画，极善于造境，境因情显，情因境传，引人入画又令人出画——陷入视觉之后的沉思与外华。

如果没有艺术家的对待生活与艺术的真诚，这些诗意盎然的"诗篇"是无从产生的。而这些风致绝俗的诗篇，又必然来自于一颗细腻敏感，真诚深沉的心灵。感怀是诗人的天性。清朝的刘熙载在他的《诗概》中曾揭诗人"千古之心"，语云：

"心之忧矣，其谁知之"，此诗人之忧过人也。"独寐寤言，永矢弗告"，此诗人之乐过人也。忧世乐天，固当如是。

田黎明恰是忧乐兼共的诗人。其绘画的忧患意识是潜藏在优雅的形式之下的，换句话说，他的优美的绘画语言在深层里蕴蓄着一股独特的生命之流，"不言"之"言"却是对充满危机的自然与社会的未来思虑。作为画家，他为人们所指点的理想王国就是返朴还真的"桃源仙境"。他

女儿

礼赞生命的质朴与平实,礼赞自然田园的野趣与生机,礼赞"人"的真诚、勤劳、淡泊、超逸的美德。缘此,他的人物画,明朗健康、清新典雅,于浓丽中寓淡宕,于烂漫中见素朴,荡漾着一派温馨的气息,凝聚着一股深沉的力,如白云、如清风、如轻歌、如古曲,弥漫徘徊,令人入绘画的诗禅之境。是故,我们仿佛无力拒绝那一次次的诗意的导游!

三

田黎明在《顺其自然·技法》一文中写道:"画面的法与技伴随着路程中的感觉,不断地变化着,调整着。""或许某一天,技会突然睡醒,'觉来时满眼青山'。"事实上,深谙"由技进道"和"道由技显"之理的田黎明已经取得了喜人的成果——在利用合度的技法表达自我审美感觉以及人文理想方面,至少他走出了自己的路数,这路数对于形成田黎明绘画风格至为重要。

举凡世间有魅力的事物都有一个特点,那就是它的难以确定:多义性。田黎明水墨人物的审美特征几乎

不便以一言括之。似乎司空图《诗品》的许多品格都可以在他的作品里释读到:雄浑、冲淡、高古、典雅、洗炼、绮丽、自然、含蓄、清奇、实境、超诣、飘逸、流动等等。而这一切恰恰是他的绘画质素的种种。

我们有理由认为,在他的人物画中有几点特征,具有强烈的个性意味。其一,是,笔墨的逸淡。传统的中国画在漫长的发展过程中,积累了无比丰富的技法和抽象的笔墨形式美感。二米的云山法、范宽的豆瓣皴、董源的披麻皴、倪瓒的轻墨法、仇英的重彩法、龚贤的重墨法、石涛的涨墨法、八大的枯墨法、黄宾虹的积墨法、李可染的擦染法、张大千的泼墨法等,无疑成为后人的取法宝藏。有人对此叹息,无路可走了;有人更彻底,一下子拜倒在西洋绘画的诸流派中无复有中国绘画的精神。田黎明不愧为"独具只眼"(齐白石语)的人——他善于发现和敏于思悟的品格,使他终于在艰辛的探索后有了惊喜的成效。他继1987年《小溪》等画以逆光手法表现自己对于人物画的独特感受后,于1990年前后开始了他的新的笔墨探索。翻开田黎明的画集,我们自然会发现,田黎明绘画时时处处

所呈现出来一种笔墨之美,是那么独特、鲜明、富有吸引力。不夸张地讲,他是一个淡墨圣手,他运用极易陷于灰滞轻飘的效果的淡墨,微妙细致地抒泻了他的内在激情与生命冲动,心灵的毫发悸动都在他的"银灰"的淡墨情调中得以展示。就绘画性而言,他是成功的重视视觉语言锤炼的画家。他的画所笼罩的淡烟轻岚,流云迷雾,不但丝毫没有削弱其画中真意,却在相当程度上恰到好处地增强了他的绘画主题——意境与情绪,同时又标识了他鲜明的个性风格。朦胧与清晰、素朴与浓艳、淡逸与高华的笔墨形式相反相成地统一在每幅画面上。不能不承认,这正是画家匠心独运与手段技巧的高明所在。

传统绘画的狭义的笔墨,在今天已发生了根本性的转变。作为实践家,田黎明用自己不懈的努力,在绘画上证明了笔的全新意义。粗略看去,田的绘画有类于传统的没骨画法。然而认真地推敲,不难发现,他的画重视团块结构的同时,虽然减弱了线条(笔)的视觉因素,但是仍然保留了笔线的微妙变化与轻松的表现力,他把古人的书法化的线性改变成为"不激不厉式"的虚淡效果,也许

这是作者的扬长避短之举,似乎我更倾向于认为是他的审美表达的必需使然。古法的墨法,一般说来并没有单独使用淡墨法构成整幅作品的先例。在前人那里,墨法以丰富对比兼备黄宾虹概括的"七墨"为理想,至李可染先生名作《杏花春雨江南》出现,似才有了以淡墨制作整体画面的创试。田黎明慧心自用,苦心经营于此,终于形成了非常具有个性特征的自家语言——淡墨冲染法。真所谓"画到神情飘没处,更无真象有真魂。"我喜爱黎明的淡墨重彩画,很大缘由是因为其作品能给我留下余味,逗我欲辨别模糊表象找寻个究竟。大概这个找寻过程本身,已经证明了黎明的成功。看黎明的画,多数时候近似古人词句所述:"众里寻他千百度,蓦然回首,那人却在灯火阑珊处。"——其语言在模糊,其真意在明确尔。记得我从师宣道平先生学大写意花卉时,他曾告我,用墨以浓墨与淡墨为最难,而淡墨以用至"如银如玉"之灰亮为最善。今睹黎明之画,益信师言之凿凿。

这第二条是,他的绘画以"光影"为重要艺术内容,光怪陆离,似极真实,又极虚幻,闪闪烁烁,尽得风流。

实际地说,光影这种现象完全是生活场景的一种真实记录,它几乎是"遍虚空,周法界"的一个无所不在的存在。但客观的存在,如没有人类心灵的感知与参与,至少对于人来说,它没有意义。田黎明既然发现了它,又锲而不舍地追逐着它,表现着它。令人满意的是,在他以"光影"为媒体的画作,如《松》、《泥土》、《晨》、《瞻》、《五月》等作品中,他取得了成功。画家利用它传递了许许多多的动人的瞬间效果,并使这些瞬间效果具有了凝固性。这有点像禅宗的——以瞬间知永恒,于毫芒显大千。画家在微观世界的细微景象的"刹那观"里,述说他解悟了的宏观世界与壮观人天的真实。就此而言,他又是一个浪漫天真的理想主义者。我不知道,田黎明是如何怀抱着宗教般的热忱对待他的艺术创作的,我只是从有限的他的绘画世界里窥视到一种属于光明、属于美好、属于信念的东西。

有时,我们不自觉地要把他的用"光影"与西方"印象派"绘画联系起来。然而,仔细阅读不难发现,与其认为他是受了"印象派"的影响,莫不如说他更多接受的是后"印象派"的启示,因为"印象派"的绘画客观真实多于主观感受,而"后印象派"绘画中完全是以主观左右客观形象了。田黎明的水墨人物画正是在客观实际的"光影"中得到启发,却终于不断探索把"光影"作为心灵的图象来使用的。他的"光影"多数不属于科学与客观真实,而是属于直觉印象抑或主观真实。他的"光影"严格意义只属于内在的审美真实,他的意匠需要"光影"怎样出现,"光影"就怎样出现——这正是传统绘画的写意性精神。从这个意义上去理解他的绘画风格,或许不难认同画家所具有的包容性与创造力。

当然,诸如田黎明人物画的造型特征,用色、用水特征、构图特征等都是构成其绘画风格的值得分析的要素,限于篇幅,无法涉及了。令人难忘的是,画家在创立自我风格过程中,十分重视对"生活"以及"对象"的观察与了悟,应该看到,这是画家艺术生命的根脉所系。没有"我"对广大的存在(梵)的体验与彻悟,"梵我一如"无法实现;没有"人"对宇宙(天)的效法与静观,"天人合一"只是空谈。有鉴于此,田黎明才在艺术实践方面走到了一个澄明空彻的境界。

阳光下的思索

● 高 岭

　　自 1987 年以没骨法创作出带有逆光感的系列人物肖像《小溪》、《草原》等之后，田黎明的水墨人物画创作进入了一个新的时期，并由此孕育出一系列淡彩墨人物画，被批评界"理所当然"地纳入到当时风靡全国的新文人画的思潮之列。然而，无论是水墨人物画语言变革的指向，还是精神探寻的深度，田黎明都自始至终与新文人画家存在着相当大的距离。这也正是经历了新文人画思潮，在新文人画的大部分作品被一种新的程式化所囿而衰枯之时，田黎明依然能使其新作不断富有活力和新意的主要缘由。

　　"五四"以来，中国人物画的语言

变革经历数十载，却从未有人对笔与墨色、用线与赋墨色二者的不可或缺怀疑过。齐白石、黄宾虹和潘天寿三位大师在其各自的著述言谈中，对中国画的笔、墨、色有着重要的论述，尤其潘天寿先生十分重视笔墨设色，他以为线是中国画造型的基础，并由此观点出发，进一步阐述笔与骨与气的关系："吾国绘画以笔线为间架，故以线为骨。骨须有骨气；骨气者，骨之质也，以此为表达对象内在生活活力之基础。"傅抱石先生论笔墨，亦十分重视线与色即笔与色的关系，认为中国画"在表现形式和技法上有一点值得注意，那就是不管怎样鲜艳、复杂的色彩，在画面上必须接受线的支配，和线取得高度的调和，即色彩的位置、分量，一一决定于线（多半是用墨画的）"。笔、墨、色，是中国绘画极为重要的艺术表现手段和范畴。在中国画论中，先秦讲色彩，六朝讲用笔，唐以后讲用墨。但无论怎样，中国画以线为基础，画法以一画为始，是不可动摇的准则，加上中国画用笔与中国书法实质无异，所以中国画是写出来的而不是描出来的，这一观点为唐以后的文人画家所赞同并发扬，而在中国绘画史上，对这一观点最有影响力的表述，莫过于石涛的"一画"论，其中蕴涵着深厚的民族传统思维方式和宇宙观。

田黎明在新文人画兴起的初期，也曾尝试过多种既有的人物画的表现技法和手段，但超越传统的心理需求，与落入传统套路的文人画绘画语言之间的深刻矛盾，无疑是建立自己的绘画范式的障碍。1987年，田黎明画过一批人体，用毛笔和线来支撑人体造型的力与量，画面中出现的粗犷和扭曲的意味，是外力作用于作者情绪的一种表现。然而如他自己所说，"景有大小，情有久暂"，画幅的数量增加了，而画面初衷的感觉却稀少了，随之而来的画作像是精心设计的一招一式的程式规范，情感和语言之间缺少统一和谐。笔线表现对象，营造画面的局限性，随着田黎明对自然长河、生命意味和日常景事的日益咀嚼，而越来越显露出来。中国画的线条，源自对宇宙万物之间相互关系的确定和规限，"画之立，立于一画"，"一画者，众有之本，万象之根"。笔线为骨，要有骨力；而墨色为肉，要有生命；笔与墨色之间靠气来联结，贯为一体。因而线条源于生活，又高于生活，具有极强的概括性、主观性、人为性和进攻性，在当今社会时代的流变更迭中，它也越来越存在着象征符号的趋势，其与生活的联系已有不胜之处。于是，1987年以来，田黎明

尝试借用没骨的一些方法，用团块的淡彩去若隐若现地画一种人是自然、自然是人的意象。因为在田黎明看来，消解墨线和传统皴法对景物和人物的界定，代之以没骨法的团块，用色块与色块之间的渍痕为物物之间的轮廓界线，更接近现实时空中的景物与人物的本真状态，更能体现出万物的平凡淳朴、宁静深沉。于生活中留意感觉，于感觉中蕴积情愫，于情愫里调整语言，于语言的自然状态中平实地对待现实中的画面。简言之，用源于生活又还原于生活的本真创作思路来作画，是田黎明绘画生涯的一个重要转折。

以物线两忘的平实之心去对待自己、对待自然、对待自己与自然之间的相互关系，"观古今于须臾，抚四海于一瞬"（陆机《文赋》），一时一事的得与失、难与易、进与退、往与复、取与予，自然也就被消解和转换成一种对自然的整体且成熟的认识，先前以皴线为造型基础的语言自然也就在"情出于生活，语出于情"（田黎明语）的过程中逐渐让位于没骨淡彩的语言。

在《小溪》和《草原》等系列人物肖像画中，画面在淡彩和淡墨的大片融染下，有一种逆光的感觉，这尤其体现在人物的面部表情处在逆光

阴影之下。作画过程中因融染方式而无意产生的逆光意象，很快被田黎明意识到，这是中国画向光与色彩的绘画艺术迈进的一种可能性，在随后的创作中，他便有意识地探索，由笔墨色彩的融染和围墨技法而生发出的光的感觉意象。如果说，采用没骨淡彩的语言，是随由艺术家对自然与生活的认识的成熟而生，是艺术家对自然生活的本质作独自探求的第一步，它改变了传统水墨画线条笔墨的概括性、象征性和程式化，试图用团块色彩来取而代之，那么对光的感觉意象的发现，无疑预示了田黎明日后绘画创作的崭新时代的到来。顺应着宣纸的性能，顺应着墨与色的连体融染结构，在似点似面、似线似皴之中，去追寻人与自然连为一体的效果；顺应着宣纸的性能，先水后墨的围墨方法，能幻化出独特的笔墨光点。从1989年到1992年，田黎明在光与水墨的因素里尝试和创造着一种新的语言，墨色连体的融染画法，在他的光感画面中起到支撑画面整体的骨架作用，是对线在中国画中的间架基础作用的突破，它既可作用于画面中阳光下的物象，也可作用于画面背阴中的物象，因而显得亲切、自然、富有活力；而表现光点的围墨方法，又似乎是画面物象的血肉，在光点的作

用下，围墨画法、连体画法、融染画法相互构成了光感画法的一个整体。在1991年创作的《五月》、《泥土》、《阳光》、《山野》等画面里，田黎明已明确地将围墨、融染、连体的画法统一在充满光感的基调上。阳光下的景物光亮、跳跃、外向；阴影下的景物内向、平静、幽暗；光与影、阴与阳、动与静相互交感，相济而生，又相互转化。光的流动和变幻，到1992年时已经成为统摄田黎明整个画面的主导要素，因光而设色、而用墨、而经营景物的主次向背。

在以平实之心亲近自然和生活的观念驱使下，田黎明尝试用没骨法表现切身的感受，并没有脱离既有的技法，然而在实践中产生了光的启示，并把它有意识地强化且提升出来，作为贯穿画面的气和脉，作为对象在现实物理时空中的视觉影像的重要心理因素。可以说，田黎明以中国画的材料看似走了与西方印象派相似的求真之路，然而，就其以水墨和宣纸为材料所形成的对光的认识及其方法而言，却与印象派有本质的不同。田黎明强调感性直观，注重对光的主观塑造和表现，而不是逻辑实证。田黎明在中国画人物画上的实践，因而具有革命性的意义。它揭示出中国画不仅可以用线条、皴法和墨色的浓淡来表现对象景物的质感和体量，而且也可以用墨与色的连体融染和围墨的方法，来表现自然生活的体量和轮廓，以及映射在作者心中的光感，尽管还要走很长的路，还有许多方面的技法有待发掘。

这里刊登的几幅田黎明1993年和1994年的新作，向我们展示出作者在如下几个方面有了更新的进展：（一）根据自然和作者内心需要而选择画面的总体色调，如《阳光下的蓝天》即为蓝基调，《和风》为淡绿基调，《秋阳》为金黄基调等，反映出作者对色彩在宣纸上运用的认识和控制能力已愈发成熟、准确。（二）将光点印象扩展到光块印象，沿用融染、连体、围墨画法相互补充，使人、树和水的画法谐调统一。对向阳与背阴的人物与树木的处理力求在轮廓上简洁、明确和完整，主要是通过严格控制色块与色块之间的渍染边界来实现，最大限度地消解和淡化墨线的作用。(三)力求以色块的形体、画面的空白和色彩的明暗，来体现画面的光效应和空气的透明度，以吻合于作者对自然的人生追求。(四)新近的"游泳系列"里，画面人物的无中心构图分布以及由此产生的隔膜感，是田黎明对现代人漂游不定的悬浮式生存心态的捕捉，预示出他对自然与社会的认识层面又深入了一步。归结起来，不难发现，田黎明这两年对色彩的审美趣味有了更加明朗化的认识，所选用的色调基本为原色色调，纯度和明度都有所加强，在色彩心理上更能体现时代感；背景选用大轮廓白色云和几近平涂的色彩，似乎已开始注意到前景与后景之间的空间深度，有从色彩上解决它的倾向；在平涂融染的总体技法下，

局部部位仍坚持有笔触感的描绘技巧，起到平面与笔触的有机结合。

田黎明这几年的题材选择阳光下的乡村风情、游泳、少女等，与他对新文人画的反思、对自然和生活的成熟理解有着紧密的关系，在绘画语言上，基本上保持着没骨法的淡彩墨的风格样式，这是他独立于中国当代画坛的地方，其对于中国画的变革与发展所起到的开拓性的作用，正被越来越多的人认识。现在摆在田黎明面前的是不断探索彩墨的表现性。随着时间的推移和审美趣味的变化，都市人的生活图景或许会大量进入他的题材之中；清新、透明的淡彩墨光感画面或许会演变成明快、厚重的浓彩墨光感画面；平面化的画面空间，或许会因为色彩的浓重和对比，而变得富有纵深感，到那个时候，或许他会再上一个台阶，有更为动人的作品面世。

朴素而灿烂

——读田黎明的水墨画

● 郎绍君

在六届全国美展上，田黎明以《碑林》一画初露头角。那是一张为纪念抗日战争胜利40周年而作的水墨画，将死难烈士描绘成无边无际的"碑林"。其造型的纪念性和象征寓意特质，强化了鲜明的社会政治主题。那时，他还是在美院进修的部队画家，课上课下所研习的，是写实水墨画。后来，他成为国画系的研究生，在导师卢沉和新潮艺术的影响下，开始探索水墨人物画的变革。有一个阶段，他画约略变形的人体，以刚直而粗犷的线勾画轮廓，放弃素描性的体积和明暗，求二维空间上的表现：线成为主要语言手段，造型趋于装饰性，精神内涵和技术技巧都有些简单和肤面

化，但这是他迈出的第一步。

他迈出的第二步，是一组肖像画。用没骨法，简洁的正确造型，强烈、纯净的色调，刻画农民、青年女子等。人物面部虚处理，几乎看不清五官，但整体的单纯造型和强烈的色彩，赋与作品一定的象征性，与寻常所见面目清晰、有笔有墨的水墨肖像绝然不同，给人以新鲜深刻的印象。其中一幅在"88北京国际水墨展"上获大奖。这组肖像都是在课堂上对着模特儿创作的——形来自模特儿，色彩、造型和风格特征则来自画家的创造性探求。一般经过专业训练的水墨画家，都学过没骨法，但他们不会想到或不曾探求，把没骨法与象征手段

296

联系起来,或者不肯放弃自己已经熟悉的既定习惯(这虽然无可非议),不能像田黎明这样迈出创意性的一步。不待说,敢于创意并不等于能够创意,"出新"也不是赶时髦。田黎明的创意不是凭空杜撰,也不是像许多伪创新者那样只是摹仿和重复别人(包括中国的和外国的);他接受西方的新观念和新方法,但立足点却在中国传统。因为对现代艺术有所熟悉和领悟,他才能从新的视角改革没骨法;因为对没骨法和传统绘画的理解和把握有一定深度,他才能将水墨变革与坚持水墨本性统一起来。这组肖像,显示了田黎明对水墨艺术的很高悟性。

他迈出的第三步,就是近年来已经被观众所熟悉的洒满光斑的系列画。在这类作品中,他创造了稳定的风格,摸索了一套技巧技法,升华了艺术的境界,在水墨画的精神探求和形式探求两方面都作出了突出成绩。

这阶段的作品,人物造型上的基本特征可以用"简朴"二字概括。造型,一直是写意人物画的首要课题。自梁楷以来,传统写意人物发展出一支意笔人物(或曰"简笔人物"),其造型以"简"为基本特质,以"笔简神完"或"笔简意足"为最高目标。"笔简神完"追求简笔传神,"笔简意足"追求简笔写意;前者的着重点在对象的气质情态,要求对形和特定神态有较为准确的把握；后者的着重点在画家本人的抒情寄意，它不要求上述那种准确把握，乃要求一定程度的变形或造型的风格化(所谓"舍形留意")。在中国古代绘画中，除个别画家如贯休、陈老莲等外，传神与写意总是统一着，从不形成尖锐的对抗与背离，不偏向某一个极端，梁楷、徐渭、金农、齐白石、李可染等，莫不如此。田黎明这些作品，也属"简"笔，即"笔简意足"之作。画家有意弱化了体现人物身份和思想个性的造型特征，忽略了他们在特定环境中的典型情态，而将他们的形象风格化，并由这种风格化的造型暗示出一种内在的"意"来。这种风格特质和背后的意蕴，正可以用"简朴"的"朴"字概括。

"朴"，指未曾加工的原材料，王充《论衡》曰："无刀斧之断者谓之朴。""朴"又指人的本真、本性状态，《老子》云："见素抱朴，少思寡欲。"《吕氏春秋·论人》注："朴，本也。"在艺术中，质朴无文饰，谓之"朴素"，是一种自然本真的美。《庄子·天道》说："朴素而天下莫能与之争美。"把本真的美视为美的最高境界。近人宗白华把中国艺术中美的理想归为两类："错彩镂金的美和芙蓉出水的美"，认为楚国的图案、楚辞、汉赋、六朝骈文、明清瓷器、京剧服装等是"错彩镂金，雕缋满眼"的美，而汉

代的铜镜与陶器、王羲之的书法、顾恺之的画、陶潜的诗、宋人的白瓷，是"初发芙蓉，自然可爱"的美。在中国美学史上，更多的崇尚"初发芙蓉"的美，亦即自然、朴素、内在的美。田黎明人物造型的"朴"，正属于此一类。其视觉表现，有以下诸点：

第一，放弃了对体积、三度空间的追求，改为单线平涂；

第二，只强调外轮廓的勾勒，不作轮廓内的具体刻画；

第三，弱化面部表情的描写，只以极简单的笔线勾出五官——如眉毛只画一条弯线，眼睛只画两条相对相接的弧线、一个圆点等等。有如儿童画那样的简略；

第四，减弱人体结构的细致刻画，放弃写实水墨对形和结构准确描绘的要求，减少和弱化动态，尤其是颈项、腰肢、手指等的表情性动态，女裸则大大淡化其性征，使人物没有丝毫的弄姿作态，没有丝毫的挑逗意味，似乎他(她)们都生活在无欲无念的境遇中。

变形可以产生各式各样的视觉感受，如俏皮、怪异、奇诞、沉重、飘逸等。田黎明的人物造型，主要是沿着写实的路径简化和淡化，基本上不变形，但有时也作些微的变形处理，如老头变得矮短(身长相当于四个头)，青年裸女不画腰等。这种处理给作品增加了"拙"味，使有些作品带

上些"朴拙"。自改革开放以来，写实水墨的一统天下被打破了，于是人们纷纷去求变形，有的变巧，有的变拙，有的变怪，有的变丑；一旦某种变形被看好，大家就一窝蜂去摹仿。田黎明没有跟着时髦的风跑，他知道艺术的价值在于创造而不是重复。他放弃了既定的写实模式，但没有选择流行的变形模式，而探索"简朴"造型及其模式的意义，正在于此。

光的探索是这时期作品的另一重要方面。有的评论说，田黎明对光的刻画与印象派有关，这似乎并不准确。印象派画家重视光，他也重视光，这一点是相似的，但他对光的理解与印象派画家对光的理解、他对光的处理与印象派对光的处理全不相干。在印象派画家那里，光即是自然的光，光与色不分离：光是色的来源，不同时间、不同空间的光照其色彩也不同；科学的光学与色彩学是印象派艺术家探索光与色、光色与造型关系的一个主要根据。在田黎明这里，光来于自然，也源自心灵；光与色没有必然的联系，无论什么时间、什么空间里的光与色都可以相同或不相同，也都不影响画中物象的造型。洒在人物身上的光斑，或许令人想到透过树叶洒下的斑驳阳光，但如果这是对斑驳阳光的真实描绘，为什么无处不在

（包括无树的环境）？为什么那光斑有时如斜势的流云，并且总是圆形、椭圆形？印象派画家作品的色彩都十分丰富，田黎明画里的颜色是平涂上去，很单纯，而且不大考虑是否符合客体对象的固有色和相应的环境色。简言之，田黎明画中的光，主要是根据画意之需"杜撰"出来的，与印象派的描绘自然光色是两回事。

那么，这些光斑产生了什么作用呢？

首先，它们造成了斑驳阳光的感觉（只是"感觉"而已），赋予画面以自然生命的活泼，这活泼与人物的静谧形成照应。其二，它们带给画面一种扑朔迷离的气氛，这气氛恰好烘托人物形象的"简朴"，令人觉得那是跟气象万千的大自然相与共的"简朴"。其三，它们大大小小洒满画幅，一方面对空间纵深感有所消解，另一方面又增加了空间的丰富性，甚至造成一种光照无常、欲真又幻的效果。其四，它们也和人物造型的"简朴"一样，比写实性描绘更具"间离效果"，即距离物的真实世界更远一些，从而有助于把观者带入画家所醉心的意境，即精神世界之中。

对田黎明来说，造型的"朴"和独树一帜的光处理，既是形式的探求，也是精神的寻找。我们不难在朴

素、朴拙、朴淡造型的背后，感受到画家对宁静、淡泊、单纯、质朴、平和之境的向往，而这种境界又是与大自然的亲和、明净、充满生气融为一体的。从整体来说，田黎明笔下那些裸身、安详、陶醉于溪水石畔、阳光雨露中的少女和她们所编织的画面，并不只是对某种具体人生状态的描绘，也是对画家上述人生境界的一种象征和隐喻——后者尤为作品致力的重心。在当下一切都可以成为商品，都可以低价或高价买到的历史情境里，对这种人生境界的向往所暗示的意义，是一个重要的美学课题。因此，田黎明的这些作品，必将作为现代中国艺术史的重要现象留下来。

几年来，田黎明创作了很多作品，他的上述风格业已为画界所熟悉，他的探索也渐为学术界和收藏界承认和看重。目前的问题是，他将如何对待一种风格的熟练化和乃至流行化，如何避免对自己的某种重复，如何扩展视野、心胸和水墨语言的表现力，确立一个新的目标和尺度。青年画家的成功，在相当程度上靠才能和机遇，到中年则要更强调功力、经验(人生经验和艺术经验)和修养。有大追求、大气魄和大寂寞的奋斗，才可能有独领风骚的大突破。我们期待于田黎明的，正在乎斯。

独有的"话语"方式

——田黎明的水墨艺术

● 思 忖

20世纪末,在时间意义上把传统推向"最终失败"的严峻现实,使一切敏感的艺术家都投入了对艺术的"救赎"之中。因而,这一时期的艺术,不管它具有怎样的超越性,总是或明或晦地显示出对解构传统"话语"与寻求别样"话语"方式的兴趣。

对田黎明水墨艺术的解读,令人"在平凡生活中,去感知由心灵的寂静所引出的一种朴素",而这种朴素的艺术品质,缘于一个平常人在自然中孕育的平常心,惟此才能做到"要形洒四方心存万象积气韵,让心符物象归还自然中吐纳"。这里,至少存在着可供考察的三个相互关联的环节——首先是生存基础,其次是个人体验,再次是艺术反应。后面的环节往往与前面的环节呈现出某种差异,这种体现为整体感的差异正是艺术新质的关键所在。

因此,在美术史的意义上,田黎明当属现代意义的水墨画家。其现代意义的精要在于,他以本土艺术精神和西方现代艺术为整体背景的"话语"方式,深刻揭示了在喧嚣困境中的一方纯净的精神"绿洲",并在其中寄寓了自身对生存的平和体验与诗意的向往,同时也显示了他没有媚俗于自己的时代,透出困境中的自信,以"体天下之物"的情怀,坚执地否定面具化的传统水墨话语体系,和某些虚假的现代水墨话语的浮光掠影。他在一定程度上放弃了前辈们的艺术话语方式,而把重点放在确认个人的体验方面,在深刻的体验中,他以别样的"话语"方式,显现他那深邃而又单纯的诗意关注,使纷繁复杂的万物复归于单纯,并化解了现世的喧嚣;他也在一定程度上,放弃了单纯描写外部现实及表层社会关系的艺术方式,而专注于对主体深邃内在世界的揭示,将目光投射于为过去艺术所忽视的诸如无意识、心理原型及被文明遮蔽了的自然本性;他引

进了中国水墨传统避讳的阳光与投影，以光斑、淡墨和丰富的色彩或非中心的平面展示，使作品笼罩上一种扑朔迷离的现代色彩。

我们的现状，除遗存着传统的因素之外，还有技术、文化及审美趣味等方面的整体化趋势。"整体"，因而成为渗透一切，且至高无上的东西，整体对个体的取代，使其思考的形式并不直接导向外部行为，更主要的还是内部存在与感受的一个明证。田黎明说：我相信整体的力量，意识和行为都服从于本质。或许，田黎明艺术的本质，正在于其平面化展示的整体性，他善于在自己的水墨艺术中抽象出一个平凡、朴素而又单纯的"整体"性效果。

这是一种水墨没骨的融染方式，色与墨、色与色、墨与墨并列交融。自1987年起，田黎明在肖像画的探索中，归纳出整体法、融墨法之后，又引入了光点法，又名围墨法，这一过程将没骨法进行了重新组合，对日后的"阳光系列"、"游泳系列"等一系列实验性水墨，产生了重要影响。从田黎明的近作来看，"乡村系列"除放弃对画面空间深度的要求和所谓中心结构的特点外，"他拒绝景物的纵深层次，随由心性的铺展，在一个二维的扁平空间中，着意打破物象形体与意义的界限，一切入画的形象都各自独立又相互关联，只有关注物质生命周行不息的人，才会感受到任何物象无不具有意义"，这是一种相互依存、相互生发的有机存在。这是一种生命意味形式的展开，是一种深刻的生命体验的表达，人与事、情与理都化为自然的品格，都有着自己的色泽、光斑、形式与语言，有着可以言说与不可言说的情思意绪。

因此，田黎明的水墨艺术中总是充溢着，他于沉静中观察与体味万物自然的气息和画面流动、闪烁、梦幻、神秘的光影效果所显示的智慧与悟性。

这是那无形整体控制的必然结果，并由此抽去了人与物的具体性和主动性，以求得非同凡响的平面效果，使画面中一切都处于同等的序列之中，从而作为一种消解个性的力量存在于画面结构之中；另外，在人与自然、人与环境、情与景、景与物、墨与色、色与影、影与墨的不断演进中构成了一套成形的、严谨的平面化图式，进一步促成了整体化的形成。总的来看，田黎明的水墨艺术虽以宁静、和谐、色彩斑斓著称，但其对传统的否定性却十分明显，并有着极为复杂的内涵，而且是带有很大实验性的艺术现象；因为，它不像过去时代的艺术，在很长一段时间中受着一个正面美学原则的指导，而是在失去权威之后，对一种新美学原则的重建。

独有的"话语"方式，意味着一种方向的抉择，意味着世界在画家眼中的独特映象，这样的结果肯定要对世界进行"诗意的瓦解"。

"诗意的瓦解"是独有"话语"方式最直接的结果，是潜伏在画家内心世界中的幽灵，田黎明作品中的光、色、影、人与物的平面化及它们之间并行不息的关系，是他内在情感的表露或内心世界图像的外化，因此，他

的作品具有很强的个人气质色彩。田黎明独有的"话语"方式，关注着水墨艺术中的语义信息和表现信息，但是，我们依然发现他的独有"话语"方式与传统的关系并不是"断裂"的，而是"母语"与其派生品种的关系。田黎明认为，没有传统的"血脉"，独有的"话语"方式只能是难以被人理解的"独白"！

当代艺术区别于以往艺术的标准便是，比以往任何时候都更需要探索性和实验性。只是这种探索性、实验性越来越从形式转向精神，从大而空的文化反思转向实在的生存体验。

田黎明的水墨艺术回到人本身，表明了艺术是生命的要求，艺术应该表现出关注生命的内在需要，正因为如此，田黎明执意于返回朴素，并删繁就简以寻找自由的表达方式，他以独有的"话语"方式显示了独特性。当代艺术正走向综合，在并非清一色的时代里，我们赞赏一切具有个人特质的艺术表现。

譬如田黎明。

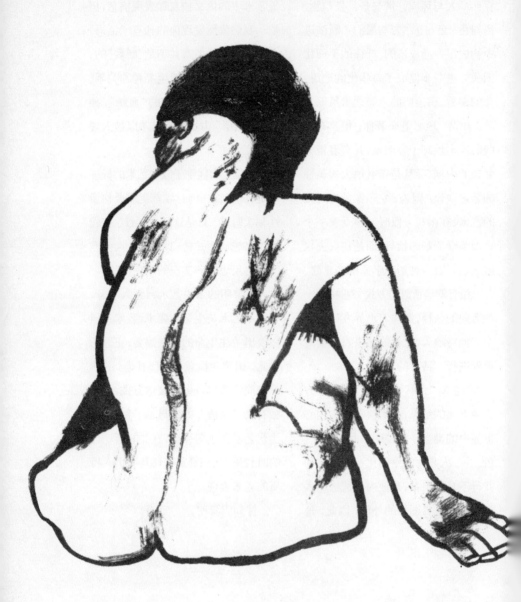

传统形式的当代转化

——关于田黎明的中国画

● 洪 荒

在当代中青年中国画家中，田黎明占有举足轻重的地位。这个地位不是因为他在多种实验方式上的开拓，也不是因为他在观念上的发明权。他的地位之重要及令人们关注，在于他完完全全以传统的中国画方式，作出了令人耳目一新的当代语言表述。这在中国画平面的有限空间中，是非常不容易的。更重要的还在于：他的成就证明了中国画的当代形式还拥有可供深入开拓的空间。

一、视觉文化的"母语情结"

田黎明不是观念型的画家，也很少去考虑他的画面的"国际化"以及当代主流文化的问题。他的方式既古典又老套，在平凡的习以为常的事物

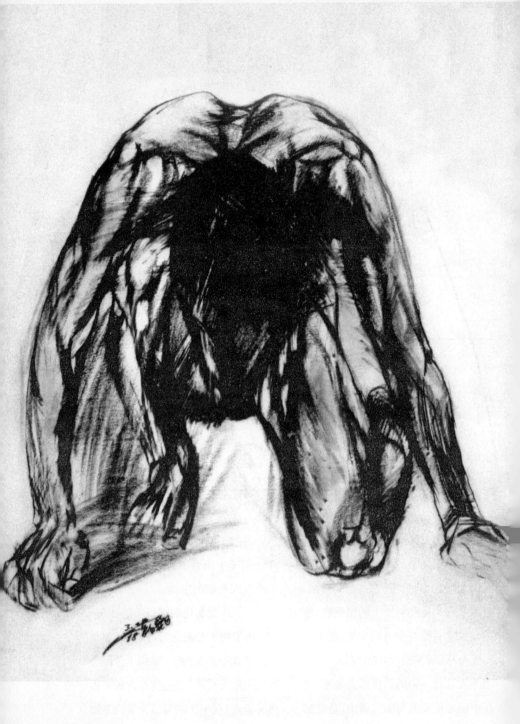

中发现那种新颖的、鲜活的、激动人心的力量，在自然平常的心态中，去体验他所置身的当代人的生存境遇中那种恒久不变的生命魅力。

但有趣的是，他的画面却又不乏当代性的审美内涵。这种内涵不是关于文化流向的某种表述，不是对某种社会倾向的抗争；它是根源于生命原始的感性冲动之中，用他的说法是"顺其自然"的流泻。因此，他的画面的"当代性"特征颇为特殊。

这个特殊性体现在这样的方面：田黎明每每被称为"新文人画"的中坚，其实，他的画面很少新文人画的那种趣味。对新文人画的主体画家来说，人、题材、造型都是写意的、漫画化的，伴随着当代知识分子的那种孤高、郁愤、调侃。线还是古代的线，墨法还是传统的墨法，只是那种所谓的"文人趣味"流露得更充分更确定。但那种画面所传达的符号毕竟与我们的生活现实没有相关性，因而其末流便流于玩弄、流于矫情主义的那种故作高深。与古代人的差异体现在把那种文人的遁世主义的清高，转化成了日常化的心理保护。田黎明的画中极少这些东西。他的"游泳系列"及"高士系列"，都表现出那种惊魂不定、忧郁不安，或者安闲中流露出某种潜在的不适，悠闲中隐藏着某种躁

动；而且，在造型上，他与传统的方法有较大的距离。他解散了线，把线凝聚成点，把点融染成面。也就是说，他把他作为一个当代知识分子的独特感受，定位在他的独特的语言建构上。仅凭这一点，田黎明便足以在当代中国画的拓展上占有重要的地位。可他又的的确确既没有挪移西方人的拼贴、构成、分解，也没有用喷、拓等其他手法。他留恋于中国画的"手感"运行中的"心灵感应"。

缘此，我把他的这种成就的取得，归之为根植于田黎明生存境遇的视觉文化的"母语情结"。

母语是任何一个生命个体文化生长的基质，它为个体提供情感化和逻辑化的生存符号形式，提供给个体以精神的栖居之所。

德国作家伯尔这样说人与语言的关系："倘若我们意识到每一个词身上的这种历史遗产，倘若我们去研究一下词典——那是我们财富的清单——就会发现，每一个词的后面都有一个世界。每一个和语言打交道的人，无论是写一篇报刊新闻，还是一首诗，都应该知道，自己是在驱动一个世界……""语言可能是自由的最后一个庇护所。"(《伯尔文论》，三联书店，1996年，第46页)这种对语言的感情只有对母语才可能拥有。对田

黎明来说，他对母语的这种感情最为浓烈地倾泻在他对中国画的挚爱之中；所以，我说是中国人的"视觉母语"，而田黎明却使其生长为他的体验生存经验和感觉的语言细胞。他对待中国画的遗产，正如伯尔此处所说的是对待我们遗产的财富清单，是一个充满无穷魅力的世界，是他构筑他的自律性的精神文本的"自由的庇护所"。惟有每个足迹都踏在他的心灵的净土上，他才能找到他的视觉的人文内涵；惟有通过水墨的痕迹，他才能确证他的心灵纯净之所在。田黎明的《顺其自然》的创作谈，是这种心迹的自我剖白。

我相信，"画品如人品"的古老格言，至少在田黎明这儿获得了当即性的印证。

二、当代中国画的"诗意"呈示

田黎明作品的当代性具体化为他的独特的"诗意"呈示。

绘画的文学性，在20世纪被认为是削弱画面视觉的直观效果的外在因素，而受到排斥。传统的中国画，诗韵是画面统一的核心，即所谓有无境界。当即的实验性的水墨艺术，便在排斥水墨的文学陈述功能的同时，挖掘水墨材质的视觉张力，而固守传统的水墨画家，大多是沿袭以往的方式，把视觉的诗意化作

为语言的补衬，以语词的提示勾连起外在的联想，激发起人们对画面的所谓"通感"意义上的"诗意"。

田黎明作品的"诗意"，是建立在水墨材质的视觉表现上的"诗意"。这种诗意是在他的造型、构图、水墨、色的综合运用上的视觉内涵的"诗意"。

其一，或许是当代国际美术的文化背景，或许是缘自田黎明对中国画视觉文化的"母语情结"，田深深地感到毛笔、宣纸和墨自身即具有天然的诗韵。因此，他不注意什么视觉的张力，也不太计较什么视觉的直观性，他听凭自己对中国画的"视觉母语"的依赖感，在水性与墨性之间开拓诗意。从"人体系列"到"高士系列"及"游泳系列"，很鲜明地看到他减去画面的装饰性过程，以及对情节的削减，完全把人物的神态和墨韵的融染合成一体，用融染的极淡而层次又极丰厚的色彩叠加过程，传达出那种惟有宣纸和水墨才可能拥有的诗韵。

其二，再看画面中的情绪，其实人物、山与水是无关紧要的，非常重要的是，田黎明传达出的那种用灵魂触摸这个世界的不适感。这种感觉非常鲜明地体现在他的"都市系列"中。这里仿佛存在着混合

黄瓜少了吗？拿着的却是茄子。 （陈凤新

在生命体验中的悖论：融入自然、浸入自然，自然化解为田黎明的充满意绪化的色块，笔触浸染在宣纸上，瞬时即逝的片刻感受驻留在某一片阳光上、某几道水波的流动过程中，而远处的工业喧嚣和污染，时不时成为干扰这种体验的噪声。田黎明的视觉诗境"是当即的都市人生的一个乌托邦、一个梦幻，他细心地推敲每一个细节、每一个局部、每一个色彩的音节，一直到精致得让人们找不到一个小小的缺陷"。

因此，田黎明的"诗意"是自足的视觉诗意，是在减去情节及文学叙述的纯视觉文本的诗意。他的画是当代的一片人文的"绿阴"。

三、墨韵色彩化的语言建构

田黎明是那种非常重视基本功、重视"手工活儿"精细的画家。不论使用哪一种方法，他总是力求做到位，做到别人难以达到的程度。1984

年创作的《碑林》给人的是这种观感，今天创作的"游泳系列"和"都市系列"给人的也是这种观感。

《碑林》是田黎明的成名作，用他的说法，是受到范宽厚重崇高之美的表现方法的影响，以宏大的整体性的方法，概括而又浓缩地表现中国近代史可歌可泣历程的作品。这幅作品同时带有那个时期人们共同具有的缺点：以西方的造型来画水墨，以外在的思想的附丽来制作作品。这个时期还没有那种寻找和探索中国画的"语言意识"。

到1987年的《小溪》，田黎明吸取了传统的没骨画法于他的人物创作，最重要的是，这一过程使他找到了通过水墨气韵的渲染、铺排和叠加，表达他的独特感受的语言方式。这便是他命名的"融染法"，而融染法的魅力在于光感的引入，形成了统一画面情绪基调的重要因素。这一点

阎象明与妻子

很值得大加肯定。从学术背景上看，显然与印象派的光感有着学源上的关系，但田的"光感"，主要是情绪化的水墨语言韵味的"光感"。正因此，我把它称之为"墨韵色彩化"。所谓"墨韵色彩化"是指他是以色来挖掘墨的韵味，因此，他的"色"才有那么高的文人趣味并与"俗"无缘。当然，这时的运用还是偶然的。为了寻找统一的技术上的手段，他又开拓出了他的"连体法"，即淡与浓的连接方式，就如有了词汇还必须有语法连接方式，这便是通过宣纸的材质性质把握而产生出统一的效果。二者的有机统一，他命名为"围墨法"。从他1987年画的《小溪》个人语言意识的觉醒，到《阳光下游泳的人》画完之后的1990年的"围墨法"概念

的出现，前后近四年的时间，一直处于摸索阶段，尤其是墨与色处于很游移的关系，墨总是或多或少地直接出现。我猜测，他可能是担心一旦直接消解墨，会使画面变俗。但到1996—1997年的"游泳系列"、"村姑系列"，我看到他对以色的运用，去表达墨韵效果的方式的成熟，画面中消解了线，也清除了那种装饰性效果，留下的是纯粹的色彩的丰富层次的意绪化意象。

就中国画的材质及视觉效果方面来说，田黎明的语言建构有三个方面的重要意义：

其一，墨韵色彩化。田黎明的语言建构，证明了中国画光感的独特魅力，即有别于印象派从光的瞬息万变中，捕捉那种透与亮的物体及人的

"印象"，田的"光感"是心的光感，是以墨的浓淡的渲染和变化而生长出的韵律。正是因为他抓住了这个特点，色彩在他的手里才那么纯净和充满书卷气。

其二，对中国画的材质的特性有了新的开拓。田黎明的光感语言建构证明了水墨、宣纸、毛笔在依然如故的条件下，也同样可以开拓出新的形态。在中国画的语言实验这一块，人们已做了太多的而又十分细致的探索：线的、点的、写意的、泼墨的、拼贴的等等，田黎明的手法最为朴实，他把传统的山水、人物、花鸟的技法冶于一炉，以色彩的直接而明快的视觉效果，来探索它所可能拥有的墨的韵味。从田黎明1984年画《碑林》到1989年的"乡村人物系列"，

再到1995年以后的"游泳系列"，墨的直接性日益减少，直至墨只间接地融化在色彩中。田黎明的探索至少证明：色彩也同样可以达到墨的人文趣味。仅凭这一点，田黎明便可在当代中国画的探索中占有重要地位。

其三，田黎明的语言建构还具有泛化及推广的意义。田黎明的语言陈述方式，在传统的中国画的当代形态的转化上，具有典型的意义：他既没有走观念化的拓展之路，也没有走图式借鉴和挪移的捷径，他完全是从中国画的内部走出一种新的可能性。我推测，田黎明假如在他的语言基础上，进一步提炼出经典性的表述方式，同时又把这种方式转化成为其他造型的基本要素，将会具有更深远的意义。

阳光、空气与水

——田黎明的艺术方位

● 殷双喜

将生活作为一种气象而不只是一种形象，是田黎明中国画艺术中整体性的来源。专注于形象，就会像西方绘画一样，关注造型与视觉分析，但这极容易进入一种理性的、科学的形式语言与现实主义的生活再现。而气象是一种境界，是人的全部生活经历与文化积淀，在特定历史时空中的凝结与成型，由于艺术家的直觉感受为独特的艺术技巧所照亮，而形成画面中只可意会不可言传的丰富意味。将东方宁静整体的造型与充满生机变化的水墨语言结合起来，使艺术家的主观能动与水墨在宣纸上的自然生发相融合，动静相生，含蓄隽永，既是田黎明人物画的方向，也是他的艺术理想。

田黎明的人物画中充满阳光、空气与水，游泳、登山以及大自然中的人物肖像是他常画的题材。

田黎明经常强调要"接受自然的照射"，即用"体天下之物"的情怀去回归自然，在自然中感受自己的人生境况，在自然中自由地呼吸成长。阳光在他的画面里不仅起到了分布明暗、结构位置、渲染氛围的作用，更重要的是在光与影的变幻与笼罩之中，使我们能感受到人与自然的一体，品味自然的勃勃生机，获得一种透明清亮的精神状态。正如老子所说，"万物负阴而抱阳"，人生、社会、自然都有其阴阳与虚实，如果我们能够辩证地感受与体悟这种阴阳虚实

画室中

的相生相济，在生活的开合聚散中承受生命中不能承受之轻，就能够体会到田黎明的艺术方式，其实正是一种乐观进取的人生态度。

田黎明的艺术又以空间的深远和清澈而耐人寻味。东西方艺术大师的作品都有一个共通的气息，那就是透明清新的空气，"登泰山而小天下"与"采菊东篱下，悠然见南山"都是一种透明远望的空间，也是一种开阔明朗的人生气象。现代化的生活以其高速便捷的交通与无处不在的通讯媒体，大大缩短了人与人的物质距离，但在这繁杂的忙碌之中，却也疏远了人们的心灵交流，人在快速的节奏中自然向往广袤的空间。由此，清空是

一种明朗的心境，一种恬淡的气韵，一种来去无痕的人格，它不为冗事俗念所动，自有一方清远之境。在现代化的紧张生活中，田黎明的艺术提供了一个心灵的栖息之地，一个可遇而不可求的精神家园。

在田黎明的画中，水是无处不在的，不仅是他独创的融染法、连体法、围墨法等水墨技法，是建立在对水的运用的高技巧之上，更重要的是田黎明对水的独特理解。在水墨艺术的层面上，中国画特有的水墨晕染和丰富多变的墨色层次，中国画的笔、墨与宣纸的结合，都是通过水的连接与融合来实现的。古人云："善体物者莫不重缘"，色彩与墨由笔驱使在宣纸

上行走相遇即是缘,而将这诸多情缘相牵相聚的,便是艺术家的心灵之泉与笔底清水。唐人王维诗云"行到水穷处,坐看云起时",孔夫子也曾面对长河大川感叹"逝者如斯夫"!水更是人的精神人格的滋养之物,老子说:"上善若水,水善利万物而不争,处众人之所恶,故几于道。"田黎明描绘少男少女在水中游泳的画面,正是寄寓了对水这种"滋润万物而无言",洗涤人的心性尘垢,永葆青春纯净的感悟与赞美。

我由此想到,如果将传统文化视为阳光,将艺术语言视为空气,将生活视为水,田黎明的中国画艺术正是在这些阳光、空气与水的滋养中成长起来的。阳光普照,万物皆淡,在中华民族悠久的文化传统面前,每一个艺术家都接受着它的照射与温暖,惟有更加努力发出自己的光与热。对于艺术创作来说,语言风格和技巧都应该像空气一样,一是要保证艺术形式与心灵的无碍沟通,达到艺术表达上的透明纯净;二是不刻意突显技巧,于不经意处现出匠心。而对于生活的重视,则应像对待水一样,感受到它的无处不在,努力深入其中,洗涤自己的心灵,吸收时代所给予的营养。这样,艺术家在生活的海洋中接受阳光的照射,在传统与当代的文化空间中自由地呼吸,就能够像流动的溪水一样,以单纯而又复杂的流动感受生命,以透明的心境接纳多姿多彩的世界的光影,将朴素提升为一种文化的纯度,同时创造生活与艺术的绿色生命。阳光、空气和水是我们物质生活和精神生命的根本,田黎明以他的艺术揭示了我们极易忽视的生存要素,在当代中国画的发展中,田黎明水墨画的独特价值正在于此。

在这个阳光、空气与水日益缺乏和变质的时代,我们从前熟视无睹、滥用无度的日子已经成为回忆,但愿田黎明的艺术能够重新唤起我们对阳光、空气与水的向往,在工业文明带来的人文景观之中,将对于生存意义的沉重思考,转化为对蓝天白云下的清澈自然的追求。

智性的光影

——田黎明的艺术方位

● 范迪安

田黎明是被画坛普遍赏识的一位中年画家。他的作品之所以频频见于各种当代中国画展览，是因为他的画风既保持了中国画的笔墨传统，又表现出中国画在新时期开拓新格局的探索。他为人所重的原因不是他的几幅成功的作品，而是他不断沿着坚定的目标深化和开拓的精神，由此，他成为中国画走向当代的代表。除了参加其他的国际展览外，2000年他的作品

被选入上海双年展,这是一个很重要的信息,进一步证明他的艺术有可能在更大的文化背景下被认识与接受,以其当代性的品质和中国艺术语言的"身份"参加到国际艺术的对话之中。

田黎明在艺术上的独创性在于他悄然地实现了以墨为主的传统水墨体例向以色为主的现代水墨体例的转化。现代水墨当然也可以以墨为主,这一点毋庸置疑,许多画家就是这样做的。但田黎明不满足于此,他对自己原有以墨为主的造型语言作出了修正,把色彩带入了墨的世界,并且渐次形成他独特的"墨色方式"。中国画的传统是如此深厚,历代画家的点滴突破如涓涓之水流入江河,才汇成积累的大势。一个画家能够在极为丰富的传统当中增添一方新的境界,不能不说是积极的贡献。

已有许多同行评论过田黎明的艺术,这里值得强调的是,田黎明以色入画的语言创造是一种充满智性的创造。首先,这种创造接续了中国文化传统中的元气理论。在历史上,元气的观念是中国思想与智慧的重要组成,更是华夏美学的核心,更确切

地说，只有元气理论在最大范围内联系了哲人与艺术家，使艺术创造中形而下的具体表现上升到形而上的精神层面。无数哲人先贤殚精竭虑地阐发元气概念，无数古代艺术家也在视觉形态的创造中传达元气概念。两个领域的共同结论，都是把元气作为万物的本体，视元气为无形无象、充盈宇宙而连续无间的具有生命力的细微物质存在。传统绘画以"气韵生动"为第一要义，把创造视觉形象的出发点和归宿驻落在万物的"气化流行、生生不息"过程之中，讲究"传神"、

标举"气韵"、推崇"气势"，构成了纵情讴歌宇宙生命存在的主旋律。但是，这个主旋律是需要发展的，田黎明的艺术就在这方面作了努力。他的画以充沛的元气形成了生命的气象，这已为人所识。其次，田黎明画中的"气"是通过对"光"的表现实现的，这是田黎明艺术具体的切入点。他在游泳时"发现了水中的光斑和逆光下的物体的'影像'"，由此触动了新的表现欲望。他在水滴与墨点晕化时呈现出的斑点中又发现了用水墨技法表达光感的可能性，由此开始了一系

列的实验。所以，他的画风之变，缘于自然之象与技巧之法的碰撞汇合。当然，形式的探索是一个如同科学实验一样需要感觉更需要理性的过程，田黎明为了达到以色入画的目标，研究了围墨画法、融染画法、连体画法、阴阳画法等一系列画法，才最终把自然中的生命之光捕捉到画面上，变成浸染了性情与情感的光之形象。在西方艺术史上，从英国的康斯太勃尔、透纳到法国的印象派诸家和后印象派中的凡·高，都为塑造气与光的可视形象作了毕生的探索。现代主义纽约学派中的色域绘画，也可以视为表现气与光的继续。油画和丙烯颜料及技法在色彩表达上有天然的优势，而中国画材料在此领域尚留有空白课题，田黎明的探索，就在某种程度上填补了这个空白。

再次，田黎明在艺术语言上显露出的取向还与他的人生态度是一致的，这一点也为评论家论及与称道。殷双喜就说过："将生活作为一种气象而不只是一种形象，是田黎明中国画艺术中整体性的来源"，"他用'体天下之物'的情怀去回归自然，在自然中感受自己的人生境况，在自然中自由地呼吸成长"（《阳光、空气与水——田黎明的艺术方位》）。张鹏也说他"把人物作为自然与人的关系来画，力求在自然中追求人格和人格的力量，从而表现出和谐而不是抗争的传统"（《读田黎明的画》）。这种人生态度，便构成了田黎明作品与当代生活现实的亲近关系，正因为关注光，田黎明能够在作品中画出智性的光斑；正因为关注人，他能够细腻地捕捉生活中生动的形象，使平凡的事物焕发出生命的光彩。在"理"、"法"和"意"三者之间达到通彻，正是田黎明艺术的当代价值。

参加研讨会

自然的圣歌

——田黎明的阳光、空气和水

● 吴 杨

清溪、彩虹、旱土、风沙、白云、草垛、风声、乡语……它们如雪花般一层一层铺展在我的桌案上，融化在我的土壤里，我开始评价对它们的印象了，我自言道，一定要让这些"果子"生出新的生命！生活给予我的感动无处不在。也许有一天，我发现瞬间闪现出一道光束，把浮在画面上零星的笔墨都聚在这一光束下，用它的性格、用它的热情给笔墨以生命。此刻，我再一次沿着历史剩下的"距离"，去体会那干笔湿墨的语境……在这无垠的空间里，我再次听到编钟一样雄厚的声音："用你的经历走进水墨画蕴含的不以言传而以心会的一个大写的——自然。"

天亮了，太阳出来了，我从梦境中醒来，仍在惦念着那一片林。阳光早已溜进窗户伏在了我的案头。我穿好衣服，出了家门，跟着阳光向前走去……

第一部分：阳光下

社会一定要造就与之同步的文化现象。田黎明的"阳光系列"历十数年精心培育，终于水到渠成般响应着时代的呼唤问世了。一如评论家徐恩存所言，中国画引进光影这种效果，是前无古人，很有价值的，它提供了中国画的一种新的可能性。也如田所言，"当一个人，在自然性情和人类的性情里终于发现了属于自己性情的土壤，他会毫不犹豫地把自己当成一粒种子抛向这一片土地。"

20世纪50年代出生的这批画家，有一种特定的根系和承接性，做人做事有种天然的厚重感和大国追求，也即种子对土地的向往和责任。

捧读田的随笔文集《走进阳光》一书，默默注视封面少女，我在想，到底是什么原因成就了田黎明和他的"阳光系列"?答案在文集中，却又难以言说、难以概括。那少女似露笑意，有种蒙娜丽莎般的恬静，有着典型的东方美，沉静、朴素、婀娜。她衣着简朴，手捧花束，亭亭玉立，若有所思。她显然初来乍到，面对今日都市，她的沉静里不免有几许茫然。

据我所知，女孩那两条粗大的，生活中已不多见的发辫是成稿后才加上去的。这一加，就把画家心头对纯美的理解和标准系了上去。

一天清晨，他用自行车驮着女儿，送她上学去，走至木樨地，迎面见一位妇女自地铁站口上来，头戴一顶淡黄色(也可能是白色)遮阳帽，恰逢晨阳热烈，泽被万物，帽子形成聚焦点，于逆光中看去通体透亮，似一个金色的光环，特别亮丽，瞬间吸引了画家的目光。要是能将这瞬间的感受画出来该有多好啊！

创作灵感并非经常性地、持续不断地涌现，它是对生活积累的浓缩，是建立在阅历和思考之上的精神升华。一幅画看似简单，宣纸背后的甘苦作者知道。一幅画不能靠坐在那里冥思苦想而成，要凭借生活过程，在其一个点上由偶然触发、情之所及而成。关于光的思考和画面实践，早几

与母亲和弟妹在一起

年就已经着手在做，此刻，帽子成为一种特殊载体，为画家带来全新的感受和惊喜。此后三个月，他心里一直漂浮着这顶帽子，不断酝酿，逐步成形。太阳帽变作草帽，妇女转换为少女，以此表现朴素之美、清纯之美，诞生了少女肖像系列，而草帽也演化为笔下的一种文化符号，与自然中的树木、蓝天、河流等相融合，构成一种恬淡宁静而又生机盎然的人生情怀。

这是1993年夏天，随后问世的《蓝天》、《阳光下游泳的人》等作品，标志着田的水墨实践有了划时代的突破。

当年，黄宾虹砺志苦修，笔墨畅游的同时不免有种孤寂感，尝言五十年后方有识者。在耆宿大贤们之后还有无新的高峰、新的突破、新的经典？依旧需要时间作出回答。最起码，画者得有经典意识，本着对自己负责、对学术负责、对社会负责之精神，努力建立应有的艺术标高，建立堪与时代同步的艺术主张。

画画是很难的一件事，也很痛苦。从生活里感觉到的，却在画面中失去了。心里有话，却说不明白、道不出来，画出来的和你想画的东西总是有距离，所以特别需要耐力。王蒙面对群山，默默隐居30年，画与人格已成为他的生活方式。李可染从

1963年至1989年，一种构图、一种光感画了26年，一种树的造型画了26年，一种墨法、皴法画了26年。境界在岁月中不断净化，纯之又纯，这就是生活的定力。田黎明同样画得很艰难，摔倒了再爬起来，失败后从头再来。每张画中的每一笔、每一墨色和每一过程都要投以身心，才能倾听到画面空间的确切回响。这里有烦恼，有淡泊，有境界，也有苦衷。它们时时交织在一起，令画家欲罢不能。一张、两张；七幅、八幅……似乎翻越了数十里群山，望不断那层层烟云、山峦，深感生命是为创造而生存，到底凭借吃苦的耐性，恬淡的心

态与柔和的悟性，心性连着人生气韵，而气韵又随事物之阴阳而生，到底成就了这一个。

生活就是这样，它让你在熟悉了多少回它的情形之后，才给你一些空间和可能，让你找回存留心中的形象。在大自然无字的天地中，便是画面的天地，每一物象都蕴含着大自然恩赐予你的一种气度、一种反馈。有什么样的付出自会有什么样的收获。

我在想，除了耐力和田自身具备的多种优势外，又有什么外因予以推动？我放下他的文集、画册，踱到窗前，凝视窗外那漫天阳光。街道上车流如水，挡眼处大楼摩天。我与田的

住所不过一路之隔，我好似看到他脚步匆匆地融入人流中，平凡而单薄，我看到他走出家门，打的或是挤公交车赶至首体，转乘单位班车，早出晚归，来回路上两小时。他利用这块时间翻翻书，想想事，打打腹稿，借以调整心绪，抚平心态。看书和画画都重要，看书是种地，画画是收获。

我看到他急不可待地走进画室，与静候着的阳光一起站在早已习惯的位置上，铺开纸张，好想画画呀！能把自然中极平常的感觉放进画面里，转瞬间变作一件生活真实，是你的劳动，是你和读者都需要的一份愉悦。让阳光静静地洒在其中，把自然的气象拢在心头，滋养心性，体会满足，多好！

我看到他约上几位同事、朋友，去看望病榻上的卢沉教授，许多天、无数次。那一天下雨了，我看到其中的一位画家朋友匆匆出行，连雨伞都没有来得及打，大步流星地闯出门外，冲进雨地里，一边往兜里揣着什么。是钱吗？是一种难以言表的亲情和牵挂。这些人啊！他们是挣了一些钱。可是，一旦他人需要，朋友需要，国家需要，师长和同事们需要，他们可以立马放下画笔，不计得失，奔着这些需要而去。为善最乐，无怨无悔。卢沉是这样，他的学生们是这样，画坛中一茬茬的领军人物都是这样。中国画是文人画，文人画不能或缺了人文精神。正是做人上的差别，使一些名家不值一提，而另一些却闪耀着动人的光彩。

我那天到底催促田挤出一块时间接受采访，见他正在系里安排看望老先生。20多位离退休的老同志都要拜访到，所有在职教师都要求参加。他说，我们特别敬重老先生，自愧不如，差得很远。看望也是学习，是一种必须的经历和延续。人生经历是一大财富，老先生们的经历不一样，学问、修养自然不一样，不经意间的一个动作、一种情感流露，都不一样，都有深厚的修养在里面。从他们身上可以学到很多东西。相比之下，差距很大。比如生活中那种平常心，就有助于我们这茬人参照对比，戒骄戒躁。

田黎明的学术生涯尤其与卢沉教授相关联。田黎明先是给他做了两年助教，1989年又考取了他的研究生，毕业后留校任教，继续得益于卢沉的指点。卢沉的学术思想、人格魅力、探索精神，无形中构成一种指向，为田黎明所推崇追随，使其由导师的单纯和真实中获得深切影响。

东西方大师的绘画有一个共通的气息，就是透明清新的空气，人可以于其中尽情感受人与自然的关系。

第二部分：空气里

生活中的田黎明力求守住一个普通人的平凡、平和和善良。别人给过他多少，他要还回去更多。他悠悠的语气里充满了恳切，甚至无需交谈，目光一经相遇，你自会感到这个人是多么值得信赖，告别时你居然不忍离去了，直到目送他的背影消失在中央美院藏灰色的建筑里。

人在追求艺术，铸造艺术的过程中，不知不觉也将自己的行为变作了艺术。

画家习惯于谈"悟"。悟也即心性吧？心里有，画中才有。田黎明刻意于画面效果,而着眼于心智培训,着眼于人与人之间、人与自然间的相互沟通。

他在自然中游走,满揣着诗人般的浪漫、哲学家的思辨、文学家的才情,走到哪里就把哪里变成学校,因而总会有意外的惊喜和收获。哪怕一块石头也擦亮火花,哪怕一枚小草也燃动生命。他写道:"茫茫戈壁滩上,一不小心,也许就拾到一件很古老的东西,不过是碎片,在这荒无人烟之处也能显出非凡之相,承载人类文明的某种辉煌。大地静卧,历尽沧桑。先人们几行诗句弄得这块干涸的地方千古传颂,万人景仰。一个人,面对大漠,感觉似在品尝一次历史文化的快餐。只要真正热爱生命,也许这就是一种净化心灵的经历,在这里你一无所有,却有了顽强的、丰厚的生命意识。让一份孤独来净化你的人生状态,来理解生命存在的意义。让生命觉悟像空气一样自然流动,时而有声,时而无声。"这都是理念之光,一定会照耀其生命历程,并投射到画面上。

为着在自己的作品中着力表现人是自然,自然是人的天人合一的那种感受。他将山水画、花鸟画中的笔墨造型和空间因素,转换到人物的笔墨造型中,既是一种艺术上的颖悟和勇气,更是与自然亲和、与自然对话的结果。

早年,田黎明随家人居住合肥市郊,单位属城市范畴,环境是田园风光,这给他的生活感受带来了流动性和互补。儿时的游戏与村童一般无二,大树、村落、田间、地头把他带入梦乡,留下诗情画意和甜丝丝的念想,这种根系一定会在他的画面中有所流露。太阳帽为什么会变成草帽,成稿后意犹未尽还要加上两条大辫子,只能源于其经历及严格的审美挑剔。最美的一定是最善的、朴素的、透明的、自然的。中国画家的富有和幸运就在这里,广大的中国乡村积淀着、保留着华夏文明最精髓的东西,文化的传承建立在这样的基石上,自会生生不已。

若干年后他入住大都市,环境改变了,牵挂依旧在。都市生活骚动不安,焦虑频仍,甚至灯红酒绿,标志着一个商业化时代的到来,它是属于商人的、市场的。也可能谁都需要它,唯独艺术要对其冷眼旁观,要对其有所挑剔。中国画是文人画。这个界定与商业气息不会没有排斥,至少需要一个相互找寻、衔连的过程。山山水水、花鸟草虫、人世百态,题材还是那么多,只是求变、创新要求显得异常强烈。

他对光影的试验大致始于1989年,到1993年渐趋成熟,其间的探索过程非几段文字所能描绘。常常，他被迫停下来，把画面先放下，而只把感觉留下，时间久了，感觉越发单纯、强烈，这才重新开始。当一种画面上的直觉和经历中的感觉相遇时，此时的技法方才凸现新意，一同趋向于自然的空间。

他的自然情结、自然崇拜是如此地深厚和刻骨铭心，以致于激情难捺，为文则行云流水，作画则雨露阳光。阳光、空气和水，择取自然构成的基本要素入画，从司空见惯的自然现象画起，看似平凡寻常，其实匠心独具。奥妙最是寓简朴，画来处处见精神。

时代出笔墨。问题是笔墨能否转换出人与社会、人与人、人与自然的和谐精神。作为一个画者，大概一生的位置都要放在转换和衔接处，能否做到像水一样宽厚、自然而无怨呢?……

第三部分：水色中

现在，该来看看田黎明的画了。
《碑林》是其早期的一幅代表作，见于第六届全国美展。画面紧凑、凝重，以写实手法、传达笔墨意象，将革命烈士之群像形容为碑林一般，巍

然壮观，如雕如塑。那时作为军旅画家，选择这般题材，展开主题性创作，顺理成章，毫不奇怪。

接下来，他钟情于没骨法，以简洁明快的笔触，创作了一组组肖像画，农民、工人、老妇、少女。有的出自课堂写生，有的来自生活真实。从这些作品中，很容易发现过渡期的痕迹、探索性的语汇。正在找感觉。画面有种朦胧，有种有意无意的滑动，有种向内心深处试探的机智。像《老河》、《小溪》等。画溪却不见溪，《远山》则不见山，得靠读者自己去找。他一手牵着自然气息，一手抓住国画体例，纵使思想放开了，笔墨表

现却还在蹒跚。但是，它让我们看到了画家在大突破、大发展前的黎明。

随后，光影出现了，新的一页翻开了，田黎明以其"阳光系列"令我们体会到真正意义上的惊喜。

自1987年创作"小溪系列"，到诞生《阳光下游泳的人》、《蓝天》、《都市人》、《喝红酒的女孩》、《都市假日》等，光的感觉、变化随着时间推移和生活经历而发生，与其说是一种绘画语符的寻找，不如说是对生存过程的真切体验。他喜欢恬淡的画面，让静静的阳光洒在其中，也洒在心田里，去冲淡都市生活所带来的浮躁感。作画岂止是技法运作，它是一种空间经历，既有人与画面的空间，也有笔墨与作者经历的空间，这里有许多东西不期而至。美好的东西沉积在心扉里，经历中有一把钥匙刚好能把心扉打开，你得去找到它。

笔墨是一种性情文化，它应该承载的是一种心性。甚至走在路上他也不断地自我叩问：画什么才能找到自己？怎么画才有自己？走着问着，结果走到岔道上去了，或是乘车坐过站点了。

也还是源于自然，源于生活的感受回答了他。

午间，一场暴雨过后，他到水房打开水。雨过天晴，阳光明媚，绿莹

莹的树叶上跳跃着光斑，闪闪发亮，各色景物被洗涤得极其干净，笑着、乐着，彼此展示着清爽敞亮。校园里一派明洁之光。他顿时被感动了。这熟悉的校园怎就突然间显得如此美好?这一瞬间的感受，若能通过画面留下来该有多好!

他喜欢游泳，直到现在老同学李乃宙还常在夏季约他外出游泳。乃宙下水就是一千米。田的体质相对弱些，能游500米。他多想游泳去，苦于事情太多，分身无术，因而特别留恋1988年那个夏季。那时，他和朋友们常去游泳，午间下课后也不回家，直奔八一湖畅游一番，游累了就到岸边柳树下纳凉。正午的阳光极强，透过树荫洒在泳者身上，斑斑点点，极富动感，留心观察，煞是有趣。这光斑能入画吗?

游累了还有一个休憩之法，仰泳。在宽阔的湖面上仰望蓝天，浩瀚无垠，白云悠悠，遐思无限，什么都

可以想，也什么都可以不想，一任白云在视觉里漫游，感觉自身似水般清澈，如云朵般放松，心情好极了。又翻一个身，滑向水底，换为潜泳，在那绿色的空间里，水草沿着身体轻柔滑过，阳光穿过水体，留下绿晶透剔的光感，斑斑驳驳，触手可及……这些，都能入画吗?

这些，都是寻常中事，随处可见、可得，你见过、我见过，你也有、我也有。以此入画，于司空见惯中寻得视觉享受，因而更能引起共鸣，倍感亲切。

水墨语言须充满自然生机。一动一静，含蓄隽永，人与自然合而为一。这一认知决定了田黎明的人物画创作方向，人物命运紧扣自然属性，以此揭示一种大情感、大关怀。对绘画语言的找寻，像是在畅游一种心愿，于种种经历的汇聚中自然而然的产生灵感冲动，笔墨气象。

这时，一个偶然因素，一滴水珠

儿捅破窗户纸，时间是 1989 年，他在画一幅小画时，一滴水落在宣纸上，随后，墨色不经意地从上面划过，在宣纸上留下一个斑点，那正是他要找寻的光斑吧?!

正所谓一滴水可以折射太阳的光辉。由这个光斑引伸开，引发了他绘画生涯中的革命，并且，他成功了!他的画极度纯净，越嚼越有味道，谁看了心里都会很舒服，不由自主地随其深入到生活的情境里，陶乎其乐。画面朴实到近乎空灵，却又以丰富的层次感引人入胜，其妙不可言甚而会令你哑然失笑，国画竟然能这样画吗?

▲融染法

一天，田在课堂上面对一位身着红布衣的模特儿，瞬间引出心底贮藏已久的某种直觉，告诉他只管用大笔渲染，而且是一个大场面的渲染，似乎只有这样才能使心头的贮藏得以宣泄。笔在畅游中尽兴。人物结构视为山之厚处，减弱衣褶的表现，好让

墨色有充分舒缓游弋的空间，看似团团清气浸染在人的"山体"上。团块式的造型，团块式的笔墨。笔笔不追浓淡变化，而又笔笔生动分明，一层层画上去似山的凝重，似水的浪势。一静一动，含蓄隽永。人与自然，合而为一。

显见的、美好的东西总会沉积在每个人的心扉里，重要的是某一经历与某一笔法有缘相会，刚好能将心扉打开。"融"是经历中的性情，"染"是特定性情驱纵下的技法，当一种技能、一种笔墨紧紧系着由人生经历而铸成的性情时，技能与笔墨就会交融出社会、自然和人生之境界。

1988 年之后，田黎明创作了"人与自然系列"作品，画中人物在淡墨、淡色中似云、似雾、似远山，以恬淡、淳厚的静观感觉凸现人与自然的一种气象。随后又有"红衣少女系列"，取名《小溪》、《老河》、《草原》等。他将这一时期的笔墨实践统称"融染法"。

▲连体法

新东西就是这样在不知不觉中出现了。

也是在课堂写生时，画面在不经意间出现一种超常规的效果，"熟人"突然变得陌生，感觉突然变得亢奋，顺势画去，墨色浸入宣纸后，几块淡赭色中出现了色与墨的交融，衔接处很自然，水纹的肌理渗出墨色，有种硬边的感觉，不是硬勾出来的，而是利用先画淡、后画重，由宣纸肌理自然造成的内线，感觉又硬又柔。生活就是这样，它让你熟悉、重复了多少回它的形象之后，才给你一些空间，让你在心性中找到全新的感受。

看似无线却有线，有线却又不见线。将线浸透于水中，让线融进水色。线因墨动，墨随线走。笔墨交融，天衣无缝。田黎明称这种内连的感觉及实践为"连体法"。

有了一个人的画像就好似连带出好多个人的故事，有了一群人的形象就能感觉到一个年代的生长。作画何尝不是如此?连体法可以成为融染法的内力，起到线的支撑作用，并在形式上与融染法协调一致。线融入墨色中，与融染法紧密相连，看似一个平面中的墨色，而内结构又处处显出连体用墨用色随遇而安的状态，可在形式上有机地服务人是自然、自然是人的创作思想。

▲围墨法

围墨法源于那个无意中落在宣纸上的水珠儿，田没有介意，以笔调墨画上去，一个特殊的亮点出现了，瞬间里，他意识到阳光下的感觉捕捉到了。一笔下去的一个点或几个点，再以较灰的墨色附在淡亮的边缘围堵，形成光斑。此法可写可染，光斑大小随意，富于变化。

一种方法只提供了一种可能性，重要的是将不同方法加以转换。无论融染法、连体法还是围墨法，均应服从于心性的驱动，彼此互补，相得益彰。作画的过程是笔墨对精神的一次畅游，技法运用随着人在生活中的情境而自然发生。经过一次次的习练、攀援和自省，面对宣纸犹如面对世纪老人的叩问。当终于抛开习性的束缚，不再为情绪所动，让笔墨成为一种对生活本身的体验方式时，笔墨终于解放了、自由了，在大自然无字的天地中便是画面之法的天地，每一物象都蕴涵着大自然恩赐的一种气度。田终于在自己笔下看到了心性中的景象，梦中的"林"也为笔墨所打开，任其取舍、游走。难怪他生活在感恩般的心境中，为一种宽厚的情愫所滋养，深感这生命为着创造而存在，那种感觉真是幸福。

读田黎明的画

● 阿 夏

十年前，我第一次见到田老师的画，那种欢喜赞叹，至今犹记得。就是那幅《蓝天》，一个乡村少女，戴顶草帽，提个篮子，手捧一束鲜花，阳光洒的到处都是。淡淡的墨韵渗开来，干净而清凉。少女的脸部并没有作细致的刻画，却让人感觉到一种怀旧的气息。这怀旧的气息，是少女的眼神透露给我的？还是那和谐、清凉的画面，触动了心中的某种回忆？我不知道，也不想去作探究，只觉得好看，喜欢。后来读田老师的画，也总是被这种说不清的怀旧和清凉的阳光包围着，让我感动，却又说不出为什么而感动。

在我家乡小城的一个公园，植有三棵高大的玉兰。每到清明时节，玉兰花准时开的灿烂。有那么几年，我总在清明节那天去看玉兰花。看着看着，满树的玉兰就让人产生一种莫名的忧伤。那是一种什么样子的忧伤呢？不阴郁，不伤人，纯粹而温暖。这样的忧伤让人的心灵变得柔软，越发觉出生命的可爱。看田老师的画，常常会让我想到那些圣洁的玉兰，但要我说出这其中的关联，却是怎么也说不出的。

像我这般感性而散淡的人，凡事都不爱去深究。不喜欢的人和事，随

西部阳关

风就飘走了；对那些喜欢的物事，也从不做理性的打量。我曾经和我的先生笑说，理论家的文字就像一把刀，他们评画，就像把一个生动鲜亮的美人，生生给肢解了。所以我从不看理论家怎么说。我宁愿保留自己对一幅画最初的感动，哪怕是肤浅的误读。

其实，艺术品一经艺术家创造出来，误读就伴随着生长了，正是这些误读，使一件艺术品更具有魅力。这多么像初恋的情人，一叶障目，不见森林。而眼前的这片叶子，就是有人拿整个森林来换，也是不做思量的。

这十多年，我看过多少张田老师的画，记不清了，但那份最初的感动和伤怀，却从来没有消减过。我总在想，对一件艺术品，对一个艺术家，去做史学意义和文化上的判断，是男人应该做的事，而女人看画，总是喜欢把自己的情感和画中的情景纠缠不清。就像我现在，坐在明净的窗前，翻看田老师的画册，不知不觉间，我已经幻化成画中人，清凉的风吹来，阳光洒满一地，我沿着记忆的长廊走着走着，远远看到那满树的玉兰花，正灿烂地开放。

2004 年 4 月 5 日

传统人文精神
在当代生活境遇下的相遇

——田黎明和他的水墨画

● 王民德

要谈论二十世纪八十年代以来的水墨实验，不能不说到田黎明。在这个引人关注的群体中，田黎明显然不是在观念上走得最远的一个，却是建立了自己稳定的绘画秩序的一个。他作品中透出的朴素风尚、人与自然之间从容和谐的气象，不单单是画家个人的经验方式、艺术方式，也是中国传统人文精神在当代生活境遇下的相遇和写照。

把艺术和个人的生活方式结合在一起，这本来是中国人文传统的特征，但现实的情况是，这种文化理想离我们的艺术家越来越远了。从某种意义上讲，田黎明用自己的艺术实践，证明了传统人文理想在当代生活境遇下的价值，他使"水墨"这种古老的绘画语言，和我们身边的人物、事件、生存环境，重新建立了稳定而和谐的关系。他是这个时代的见证者。他作品中的乡村少女、老人、都市女孩，是这个时代的肖像——她们生活在田黎明独具个性的艺术世界中，但并不是孤立地、只具备艺术形象上的象征意义。我们熟悉她们的笑容，熟悉她们的忧伤，甚至熟悉隐藏在她们心底的秘密和背后的故事。

85新潮以后，伴随着对"政治艺术"的反思和清算，一些先锋艺术家借助西方的现代艺术观念，对主题意义进行破坏性的消解，这种革命性的实验，虽然对主题绘画带来了强大冲

击，但同时我们也看到，这种借助水墨材料所进行的"观念艺术"，使传统绘画优雅的艺术语言变得粗鲁和没有教养，"笔墨"本身所具有的独立的审美价值丧失了，而某些高喊复兴民族绘画传统的画家，又重新回到古老的笔墨图式中，他们成为一些生活在别处的人，是艺术上的"不在场"者。看他们的画，总是无法和当下的生存状态联系在一起。

面对当时一统天下的写实艺术，身处两大阵营的水墨画家虽然同时表现出前卫的姿态，但就作品本身的创造意义而言，不能不遗憾地说，它们和当代人文环境是背离的。如果一个艺术家的职责是创造，那么，在西

方现代艺术中迷失，和在古老的绘画样式中迷失，结果又有什么分别呢？艺术家总是在特定的时期，受到某种艺术潮流的影响，但任何一种潮流的背后都隐含着深刻的艺术危机，对个体的艺术家来说，这种危机直接带来的后果是：个人的艺术感觉常常被强大的潮流所淹没，从而不可避免地带来创造力的丧失和消退。

当85新潮到来的时候，田黎明已经三十岁，他天性淳朴，不喜欢争斗，这样的气质多少掩盖了他在艺术上的锋芒，但也使他免于无谓的对抗和争吵。他受到新潮艺术的启发，却冷静地和前卫潮流保持着恰当的距离；他从不指责他人的画法和艺术主张，对任何一种真诚的探索，都给予不偏不倚的尊敬和包容。我想，正是这种"恰当的距离"，以及画家对待不同艺术主张的宽容态度，使他的心灵拥有了更大的自由空间，可以始终保持着独立的品格。如果我们仔细研究过田黎明的作品，就会发现，他的创作是建立在真实的生命经验基础上的，这样以来，他在不同阶段的形式探索，就有了一种内在的延续性。这种"内在的延续性"，只有那些朴素的灵魂和走进内心的艺术家才能做到，它呈现的是一种生命内在的流动，是艺术与生命的同步生长。如果一个艺术家无法走进自己的内心，就无法找到存在于生命内部的艺术秩序，个人的独创性也就无法显现。指出这种现实，对那些行走在路上，在各种观念之间摇摆的画坛新手来说，无疑是一个不错的启示。

田黎明最早引起人们关注的作品是《碑林》，创作于1984年，这张画曾经在第六届全国美展中获得优秀奖。创作《碑林》时他还是一名职业军人，以进修生的身份就读于中央美院国画系。那是一个崇尚英雄的年代。《碑林》所体现出的英雄主义色彩，画家对历史事件的冷静思考，至今仍让一些喜欢怀旧的人回味。在艺术表现上，田黎明采用严谨写实的造型表现手段，具有雕塑感的肌理取代了抒情性的线条，构图形式也具有很强的装饰意味。这张画，一度被坚持写实传统的艺术家认为是对写实绘画进行大胆探索的代表性作品，并以此证明写实艺术并未过时。一位国画界的重量级人物，善意地忠告田黎明：就按《碑林》的路子走下去，你一定会在画坛上找到自己的位置。

在今天看来，创作《碑林》时的田黎明，在艺术观念上并没有和他的前辈艺术家拉开距离。这是时代的局限。他在1998年接受批评家徐恩存

八五·十渡

采访时谈到："我们50年代出生的这批人，还是继承了前辈人的血液的，这种血液里流淌着一种对国家的、为国捐躯的强烈感觉，那个时代的人常常思考这种问题，所以从创作上讲，当时觉得必须这样做，很自然形成的，不是有意识的"。在这个时期，田黎明还用同样的艺术手法创作了《碑文》。尽管这张画曾经在一次全国书画大展中获得过创作三等奖，但现在很少有人提起它了。因为无论从构思还是表现上，它都没有突破《碑林》的高度。

其实，即使放在今天，像《碑林》这样具有震撼力的主题绘画，依然是官方展览最乐意接纳的作品。那位老画家的忠告也许并没有错，但这样的忠告对田黎明似乎没什么意义。田黎明是一位崇尚创造的艺术家，他理想中的绘画方式，应该是"自然的、信手拈来的"，当初创作《碑林》，是因

为"觉得必须这样做，很自然形成的，不是有意识的"；但到了创作《碑文》时，情况已经不同了："当时画《碑文》花了很大的力气，后来的思路是在《碑林》的基础上，模仿它的思路展开的一种创作，在那个阶段比较矛盾，经常徘徊。"我们有充足的理由相信，田黎明此时的矛盾心情，是因为他对这种花大力气"模仿"自己的创作，已经失去激情和画画的乐趣。很显然，这不是他喜欢的绘画方式。对于一个以创造为职责的艺术家来说，无论外界看来多么有意义的"模仿"和"制作"，对画家本人都是没有意义的。他希望"寻找新的造型规律"，但这一天还没有到来。

想想看吧，对一个拿着毛笔在宣纸上创作的人物画家来说，要想从严谨的素描造型中走出来，获得表现的自由，是件多么困难的事。我们古老的笔墨传统是从眼前的这片平原上

传统人文精神在当代生活境遇下的相遇 347

生长起来的,这周围的一切是用古老的笔墨样式来命名的。这种样式已经成长了一千多年。我们的祖先,喜欢把人和自然作为一个整休的生命,放到平面的纸上来表现;而现在的画家从学画的那天起,就必须要学会用素描的眼光来观察事物,来找出隐藏在对象中的结构、体积和明暗关系。尽管素描可以帮助画家获得精确的造型能力,但要把这种能力转化成气韵生动的水墨画面,几乎已变成天才的劳动。

如果了解这种现实,我们就很容易理解田黎明此时的"矛盾"和"彷徨"。他进入了一个困难的探索时期。从《碑林》到《小溪》,再到《阳光》系列的转变,田黎明花了大约六年时间。说到这种转变,我们不能不谈到他的导师卢沉先生。1987年,田黎明成为卢沉先生的助教,两年后又考取了他的研究生。这位一生崇尚创造、对艺术有着宗教般情怀的艺术家和教育家,他的教育思想、艺术观念、乃至生活方式都对田黎明产生了深刻影响,这种影响,在田黎明的一系列艺术随笔中多有记述。《在先生的画室》中他写到:"先生下笔落墨的那一种感觉是一种心性上的准确,先生的造型和笔墨给我们提示出:从对象里来发现属于心性中的结构和笔墨"。这种"提示",对正处在"寻找新的造型规律"的田黎明来说,无疑是一个深刻的洞见,它很快在田黎明的探索中得到了印证,并从此进入一个新的领域。

1987年7月的一天,田黎明正在课堂上对着一位身着乡村红布衣的模特写生。"大概是红布衣的启示,好像唤起了一个遥远的东西。渐渐地,我觉得画面上的人物正在向着一个远的方向挪移,人物的造型、比例、结构都不由自主向着这个方向调整着自己的位置。这一刻不容我去多想什么,只有直觉在瞬间里引出了心底贮藏已久的时空。直觉告诉我就用大笔来渲染,而且是一个大平面的渲染,似乎只有这样才能使我心底的空间得以自由呼吸～～～"田黎明在《品位生活》中记述的这次课堂写生，对他来说是一次不寻常的艺术事件。法国诗人艾吕雅曾说过，在绘画这个领域里，存在着"另一个世界"，而现在这个"世界"的大门已经向田黎明敞开。

这次课堂写生就是后来我们看到的《小溪》。接下来的一段时间，田黎明以相同的方法创作了《老河》、《草原》等肖像，正像这些标题所揭示的那样，在这一组肖像中，人和自然悄然相遇了，一个人就是一处美妙的风景、一条清澈的溪流、一片向远方不断延伸的草原。从这组肖像开始，田黎明不仅找到了一种"方法"，重要的是获得了一种心性的自由，打通了进入传统绘画源流的神秘通道。他省略了繁琐的细节，线条消隐在大片平涂的墨色中间，水墨在宣纸上的渗化和笔触的划痕，呈现一种空明纯净的气象和心性空间。在这个过程中，画家最初的创作冲动，不是来自某种"外在"的观念和写实要求，而是基于内在的心性体验，就像音乐家被莫名的旋律所指引，像诗人被"词语"细小的声音所召唤，这些跳动的"火焰"最初是微弱的，是没有方向的，只有那些心灵空明的人才能察觉到，只有那些技艺高超的艺术家，才能使这些细小的"火焰"成长为能够自由呼吸的艺术。

从《小溪》开始的这组肖像画，我们可以看出田黎明对水墨材料的敏感和把握能力，最初的直觉邂逅，很快转化为一种稳定的语言和认知方式。陈旧的房子已经推倒，被围困在房子里的"模特"与大自然成为和谐的一体——人是自然，自然就是人。他在《走进阳光》中写道："把墨色平铺开来，让纸、笔、墨都在充分的舒展中呼吸起来～～～"，这些诗一样美丽的叙述，让我们看到了艺术家自由而舒展的创作状态，看到了"心性空间与笔墨空间的自然相融"。

当然了，仅仅强调表现的自由并不能说明什么，如果"自由的表现"成为标准，那么一切"不似"的欺世之作，就会败坏艺术的名声。我们之所以肯定《小溪》所带来的探索意义，是因为这些肖像在摆脱了严谨的素描造型的束缚之后，还能够让读者听到她们微妙的呼吸。这正是田黎明和那些借助外来观念、为形式而形式的水墨探索者的最大不同。对他来说，形式不是抽象的一团线和墨，也不是一块没有形体的色彩，而是某种具体可感的、带有象征意味的东西，比如一顶草帽、一个提篮，等等。他在《走进阳光》中有这样一段描述："夏日的一天清晨，我向东走在大街的人行道上，行人中有一位妇女头戴一顶淡

黄色的帽子，逆光看去，帽子纯黄透明，我一下产生想要画草帽的感觉。在后来一系列的肖像画里，草帽已作为一种淳朴的感觉并带有符号的意味来象征自然朴素的情景"。从具体的意象中来体现笔墨的趣味，传达艺术家对生活、对自然的体悟，书写艺术家在特定环境下的个人性情，这正是中国写意画的精奥所在。

十几年之后的今天，当我重读这组肖像画时，最初的激动和新鲜感已经被时间冲淡了许多，尽管在当时特定的艺术环境中，它们所具有的创新价值是如此突出，但画画本身所具有的"呼吸"，在今天看来毕竟过于微妙了，更多的读者，不得不依靠这些带有浓厚文学色彩的"标题"，来体会画面背后深藏的精神内涵，这种文学式的"标题解读"，不可避免地削落了画面本身的视觉感染力。

我不能确定，田黎明是否意识到了这一点，但可以肯定的是，他探索的脚步并没有在一片叫好声中放慢：他要描绘一片完整的原野，就必须拥有更加丰富的、成长性的语汇，而《小溪》，借用西方一位艺术家的比喻，她不过是这片原野上最早的居民。

1989年，一滴偶然在宣纸上形成的水滴斑痕，让田黎明看到了阳光，长久以来贮藏在心底的体验和记忆，被点燃了，阳光的"斑点"从此成为田黎明绘画语汇中最重要的形式符号，走进他的水墨世界。如果说，在《小溪》系列肖像的创作中，田黎明发现了"笔墨空间可以呈现心性空间"的话，这些不断变化和活动的"光斑"，则为画家的创造提供了一个富有生命力的"自然空间"，它使画面上的"空气"和"水"具有了可以触摸的质感，使画面拥有了丰富的色彩变幻。"光斑"和"光影"的发现和运用，标志着田黎明绘画风格的成熟。从1990年开始，田黎明相继推出了《游泳》、《阳光女孩》、《都市人物》系列。

面对这些已经显示出强大生命力的作品，我不想进行文字上的解读和批评，画面上的阳光是如此难以抵挡，不管采用什么方式，围绕这些绘画的"文字"都显得乏力和多余。在这里，我只能在有限的知识和了解范围内，向读者介绍一位我尊敬的艺术家，尽可能地"说"出他在一个阶段内的探索过程。这个探索的过程和他迷人的作品一样，呈现着艺术家真实的生命轨迹，蕴涵着如同命运一样的神秘含义。

最后，我想说明的一点是，在田黎明绘画风格的形成中，确实受到过印象派绘画的启发，但真正对他产生最大影响的画家是齐白石。还是在和徐恩存的访谈中，田黎明这样谈到齐白石："他不做作，很自然地信手拈来，随处可得，把中国人日常生活中对美好事物的感觉，通过花卉、瓜果、可爱的小动物等这些东西表现出来了～～～～他是一个活生生的人，他的画整个是一个中国人的生活方式"，通过这段文字，我们起码可以读到这样几个关键的词语：自然地、信手拈来的绘画方式；对美好事物的感觉；活生生的人；中国人的生活方式。这些"词语"，几乎就是田黎明整个的艺术理想。正像我们所看到的那样，田黎明很少触及那些令人沮丧的题材，从不把不安的情绪带到画面上来，他创造了一种新的图式，给我们带来了新的视觉经验，但他画中体现出的观照方式和人文关怀，却是地道的中国式的。他的艺术表现手段和个人气质是如此一致，这使得我们在欣赏他作品的同时，也触摸到了一个当代艺术家的心灵。

我常常想，如果单纯从艺术样式的探索意义而言，田黎明确实是一个"实验"者，但就个人的气质、绘画方式和艺术态度来说，田黎明更像一个正统的画家，老派的文人：他强调生命体验，注重文化品格，崇尚"自然的、信手拈来"的绘画方式，这种对待艺术的态度，和传统的文人是多么相似。

在今天，一个热爱艺术的人走近艺术品的冲动，不是为了从艺术家那里受到教育，也少有耐心去解读一幅绘画讲述的故事，他们渴望在美术馆得到休息，希望灵魂得到抚慰和安宁；他们想了解同时代画家真实的思想、情感和生活方式，就像希望了解自己的邻人一样平常。我想，正是因为这样的原因，田黎明从那些热爱艺术的普通人中间，得到了比在批评家那里更多的荣誉。他用温文尔雅的方式，单纯、宁静的语言，创造了一个充满阳光和水分的干净世界，让现代人疲倦的心灵得到快乐和休息。我们看他的画，就像一个人在清凉的风中，悠闲地散步。

读书（陈凤新 摄影）

温文尔雅的批判方式

● 成 佩

当我比现在还小一点的时候，常常爱扎两个小辫，看起来颇有些清澈如水的样子。有一天，一个同学对我说：你知道你像谁吗？我摇摇头。他说：像田黎明画里的人呢。从那时起

我对田黎明的画就有一种自然的亲近感。我喜欢田黎明画面中透明纯净的颜色，安静置放的人，天高云淡一片祥和的景象。世界在他的画里是一个可以诗意栖居之地。我曾亲见他在

案头作画，给我的感觉是：他作画的程序一如他的画本身也是含蓄内敛的，用墨用色都极清淡谨严，很有些中国禅道古意。而他的为人，似乎在美术圈中也是有口皆碑：宽容敦厚，恬淡自适。这与他的艺术取向是整体一致的。

田黎明崇尚自然之美，他说过，朴素是自然的本性。他把生活中的人与事、情与理化为自然中的一种品格来关照，以"体天下之物"的情怀去回归自然，去感觉自己人生的境况。中国传统艺术精神看重的是"天人合一"、"大美无言"，田黎明所追求的人生境界与艺术理想就浸润在这一片广袤无垠如诗如歌的宇宙空间中。

田黎明在艺术上对中国水墨画的突破性贡献在于：打破了以线造型、以墨为主的固有程式，淡化了线作为画面中的显性形式，而使之成为内在的隐性结构方式；大胆纯化了色块作为表现元素的独立性，并成功探索出水墨技法自由表达光影的可能性。他的画风既保持了中国画的传统笔墨精神，又体现出中国画在现代情境中创造与革新的新气象。他是中国画走向当代最重要的代表之一。

从田黎明早期具有唯美品格与象征意味的作品，到2000年的《都市假日》，可以看出他从田园题材向都市题材的转换。题材有时并不是无关紧要的，从中往往可以窥见一个画家艺术精神的指向和对艺术价值的新判断。下一步，田黎明想要在他的艺术中解决什么样的问题呢？一个阳光斜照的午后，我们坐在望京小区姚鸣京的新居中，作了如下的谈话(以下作者简称成，被访者简称田)。

成：田老师，从乡村题材转到都市题材，是你近期作品转向的明显特征。我想问的是：身为都市人，你是如何看待都市的？

田：从乡村到都市的过程是一个必然的过程，是随着我的经历和对事物的认识不断地变化和调整而逐渐形成的。对于都市应该说是一个如何体验的问题。因为身在都市可以有多种的体验方法，你可以去看到都市躁动的一面，可以去看到都市在物质诱惑的驱动下的无奈。画画是一种感觉，但这种感觉容易被事物的表象所阻挡。我想画都市，但并不想去画那些躁动的东西，而是想画经过心性调整后的对人生存状态的一种思考，一种体会。这种体会，更多的是在面对矛盾，面对浮躁、脆弱的都市感觉中，用很平静的眼光来观察、对待它。这样的方式比较适合我这个人的性格。

成：刚才你谈到从乡村到都市题材的转换是一种必然，那么你从前的经历和乡村题材有何关系呢？

田：因为那时侯在表现水墨的材料上和性能上，能与自己所选择的题材和谐地相吻合。乡村题材主要讲究的是人与自然，即中国传统文化讲究的"天人合一"的关系。通过心性以

期与自然贴近，不能把自然简单地看成山和水的风景。它更多的是用一种文化的观照来体验文化，这种文化是通过自然来象征的，并在自然当中去体验到的东西。实际上它讲求的是对人本的超越，对人本的一种态度。

成：如果说乡村题材与中国画材料性能及中国艺术精神是协调一致的话，那么，现在你从乡村转向都市就破坏了这种平衡，都市的躁动与你平静的表达之间所产生的矛盾，则是目前迫使你不得不去解决的问题了。

田：因为都市实际上在某种程度上与自然是抗争的、对立的，存在很尖锐的矛盾。都市对自然可以说是一种掠夺、占有，人文景观把自然景观给破坏了，从中也滋生了人的自我意识的无限膨胀。所以都市水墨(包括西方的现代艺术)如果要表现这种东西的话，都是从一种批判的角度出现的。因为已不可能在都市之中再去寻找人与自然的和谐关系，这种文化情景的空间改变了，不是那种人和自然的文化空间了，它是人和都市的一种人文景观的情景。这种都市文化的最大问题在于：人发现了自己内部那些浮躁的东西并把它调动起来了。面对都市文化所表现出来的浮躁与即时性，能不能与中国传统水墨在都市表现的转换中有着契合之处，把传统

与妻子

文化的底蕴跟都市文化碰撞以后会出现一种什么样的情况，那是个未知数。对于中国水墨来讲，这应该是一个新课题。

成：从你早期作品一直到近期作品来看，感觉你前期作品中象征的意味更强一些，现在作品中现实的意味加重了。

田：现在我还是想走象征这条路。只不过《都市假日》还远远没有把我这种感觉表达出来，还仅仅是一个过程。因为要想表达一种感觉的时候，它需要好多年语言的积累才能把这个感觉真正表达出来。这种感觉刚形成的时候，语言、造型、色彩及画

358

面的关系都还没有找到一种固定的感觉，只不过延续了自己惯性表现的方法而已。最近我画的《喝红酒的女孩》，我觉得自己基本上找到了某种符合自己表达的方式，我采用你刚才说的那种细腻的方式去表现，红色的酒跟初次品尝酒的人由于酒精过敏产生的脸红有一种微妙的联系。我想要表达的是一种细微的感觉、矛盾的心理，这种思路我觉得还是有潜力可为的，可以通过这种肖像式的方法去塑造。比如说我又画了一个打工的男士，也是喝酒的，只不过脸是白的。

成：总之，这些作品还是有肖像画的倾向。

田：应该说还是肖像画。但这种肖像画方式已脱离了以前画乡村人物那种唯美的方式了，已进入到了一种自我反省的矛盾状态的肖像画创作中。

成：比如说《过马路》、《远郊》、《失眠》这些作品。

田：但这些画在某种程度上来说，我觉得画的都太近，离生活的距离太近。还有《失眠》，都是一种尝试，实际上这些题材还可以再重画。关键在于如何在画面上把这种感觉更清晰地传达出来，目前这种感觉还不大清晰，也许两年以后，这种感觉会清晰多了。

成：在这些作品中，你还是沿用了以前的表达方法，如光影、色块、没骨法等。

田：对。因为光影、色块这些关系，它们本身的形式可以表现任何空间，不是说它只能表现乡村的就不能表现都市的。我所摸索的这三种方法可以说表现都市的空间潜力非常大。因为首先这三种方法跟传统的方法就拉开了距离。它也是现代人所体验到的新的水墨技法。虽然简单，但它们表现力非常丰富。比如《上早班的中年人》、《吃汉堡的女孩》这一组1988年画的肖像，还有一个带草帽的人捧着一盆花，盆花和长在地里的花，它的意义就改变了。我已经试图把没骨的方法纯粹化，脱离了线，没有了线，画面反而变得更脆弱了，而且这恰恰又是我想要表现的都市人那种脆弱的感觉。又比如《过马路》、《失眠》也几乎没有线，都是墨和笔触上的东西，但现在看来笔触的东西太跳，我想把笔触还是还原到块面上去，这是我下一步的想法。另外，我在创作中还有一些写生，写生我介入了很多创作上的思考，强化了一些笔触的东西。我会通过这些方式对我的画慢慢作一些调整。

成：这些写生基本都是课堂写生吗？

田：这里所要刊登的基本都是课堂人体写生。其中有很多对现状的思考，也有对古典的一些想法，但对现状的思考更多一点。

成：因为是课堂写生，所以这些作品中的随机性就更强一些。

田：对，虽然随机性更强，但它是立体来把握的，可以把自己想要表达的状态通过笔触、色块和造型之间的关系理解地表达出来，实际上传达的是对生存状态，生活方式的认识，而不是对着对象画一个很像的模特。已经脱离了这种自然的描摹了。但这种写生还有待于往前推进。

成：这样你的写生跟你的教学和创作就是紧密结合的。

田：是，我要求我的写生不是速写式的，而是一张很完整的作业。一般是上午给学生上课，下午跟着学生一起画，所以我的作业一般都是下午完成。

成：我觉得你的色彩非常典雅、宁静，在画面中主要是通过色块与色块之间的冷暖、明暗对比来谐调的，请问你对色彩是如何理解的？你用色主要是中国画颜色，还是也用其他颜色？

田：我用的色彩基本上是中国画的原色，如花青、赭石、藤黄、钛白、胭脂之类，这些颜色的关系关键是如

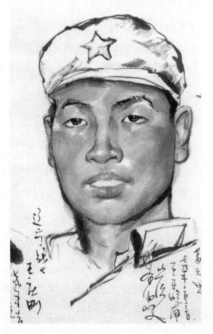
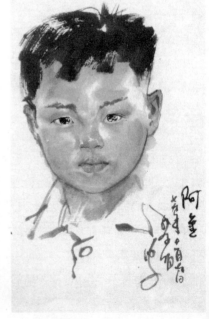

何和墨协调，即与墨的协调关系。比如说大面积颜色的运用，我是把它作为象征的东西来对待的，因为中国画的色彩象征性很强，它和写实的色彩很不一样。虽然它色彩品类很少，主要是水色和矿物质颜色，如赭石是矿物质颜色，花青是水色、植物色。那么花青可以表现山和水，赭石表现的是人物或山石，这是传统中国画的基本表现方式。中国画的色块一旦放大以后，就会有一种纯净的意味，因为它是水性的，而不是油性的，油性的色块放大以后跟水性的表现是不一样的。我有一种画法叫融染法，如1988年画的获国际水墨大奖的作品

《小溪》，那就是在创作中把没骨的方法放大，人物画得很大，颜色全铺开。后来我在画面找到一种纯净的感觉，水性的颜色一旦放大就会很纯净，所以这次我在"聚焦西部"创作中准备把这一方法捡回来，还要让色块放得更大，准备画一个丈二的试试看。看感觉如何。但这种块面的表达方法要转到都市题材的表现上，一个是要缩小，另一个是要方，不可以太圆。圆的东西是和谐的，方的东西与都市的感觉更接近。

成：你主要用没骨的方式来表达，线对你还意味着什么？

田：线很重要。我所理解的线应

该更宽一点。线可以说是中国画的精髓所在，对于我来讲，如何用线来表述我对生活和生活空间的感受，那种常规的方法别人已经都用得很好了，我要再用这种方式已没办法去区别于人。但是我想对线的理解还可以更宽一点，就是说线有一种是有形的线，还有一种无形的线。用没骨这种方法就可以在画中发现，没骨之间的边缘就有线。

成：而且我见过你作画，发现你基本都用的是淡墨线来造型的。

田：其实我画画写生首先都是先用线的。如看原作时仔细看就会看出用笔、皴法，但画大了以后，色块一大就把线压掉了，线就被弱化了。实际上我觉得线非常重要，只不过我侧重于一方，重新在没骨中寻找一些边缘线，在面和面之间找到这些线。这种线不是直接勾出来的，显得更含蓄。

成：也可以这样说，你画面中的线不是画出来的，是形成的。

田：这个说法很有道理，也就是说线是靠画面中块面之间的关系而形成的。

成：田老师，综观你从乡村到都市题材的作品，我有一个整体的印象，那就是它们已从唯美象征走向了现实批判，只是这种方式是如此含蓄，以至不为人所察觉，然而这正是你的作品切入当代精神的直接原因。

行人

关于人体写生访谈

●魏根生　田黎明

魏根生(《艺术界》杂志美术编辑,以下简称魏):人体是画家从事创作的必修课,一般都是作基础课来修的,但以人体作为创作性作品来展示的就不多了,想听听你对这方面的见解。

田黎明(以下简称田):以人体作为创作作品来展示,主要看你想通过人体表达一种什么样的感觉,或是一种什么样的体验及什么样的生存状态。西方的小弗洛伊德画了许多的人体,他的画既像是写生也是创作,但他的人体表现准确地画出了人在社会中的生存空间的意味,仅此感觉就用了他一生精力的投入,所以往往画一幅写生容易,有了技能和抓形的能力就可以画了,但让一幅写生融入更多的人生体验,就需要深厚的生活积累和丰富的阅历。

魏:你以人体这种形式来创作是什么时候开始的?

田:严格来讲是从1988年的人体课起,1987年开始在宣纸上对人体创作进行尝试,但真正进入一种状态,找到一种感觉的时候,是近几年的事。前几年还是围绕着人体和水墨进行实验,思考什么样的水墨才能画出人体。现在还是在思考,但在画的过程中慢慢与自己的创作结合在一起了,慢慢找到了一些形态方面的东西。因为人体课的时间比较短,最长的是5周课,上午给学生上课,指导作业及讲评,一个星期示范一至两张。很多作品都是下午加课时画的,我就跟着学生一块儿画,这样下午加课就积累了一些东西,画这些作品的时候我还是从一种心态,一种感觉出发的。画人体要解决的问题比较多,第一是造型的问题,造型在具象中借助意象的方法,既要求形准,也要有

意味。第二个问题是用线,在人体里面线作为一个辅助点,不是主体,它的主体是块面,基本是用线条干一点,湿一点把人体的形给找出来,以前的画可以说是用线找型,但现在是把线溶到笔墨的状态里面去了,现在的思考是用块面找一种状态,这方面的思考需要很长时间。

魏:我认为所谓的"写实"是相对而言的,实际上没有绝对的写实。

田:你这个问题提得特别好。中国画不是那种写实的绘画方式,它是一种意象的表现方式。虽然人体的形是借用科学的一种具象的形,但在用笔用墨表达人体结构的时候,笔和宣纸结合所产生的笔墨文化是一个意象的思维,它通过平面的色块和笔触及宣纸的水迹以及它特有的材料所构成的性能和视觉关系所传达的感觉具备两面性,这种感觉能够传达出一种写实的东西,也是一种很意象的东西。这种基本形态掌握之后,内部结构可以按着心态走。因为我现在在考虑都市题材的绘画,所以在笔触方

面尽可能的让它再强调一点，再放松一点，再随意一点，这种随意还是按着它的结构关系去走，但是笔触是随意的，不是因为这是肩胛骨，这是三角肌，这是手的哪一部分，而严格按着一种具象中严谨的比例去走。这种笔触走到结构的时候完全是按照自己的要求来表现的，是建立在一个心态的结构空间里。再一个是按照中国传统绘画的用笔和用墨流畅及随意放松直接表现性情的方式，常常会在笔墨与形的具体结构结合的时候产生矛盾。但在绘画中即使产生矛盾也要来思考这个问题，因为它能够在过程中获得许多有意义的东西，所以画这些习作应更多的进入到人生体味中来思考问题，借助人物的笔墨和思考来传达一些感受。有些写生的笔法是用花鸟的一种"笔法"，这种笔法既表现结构的关系，也有笔触，用笔的这种方式，传达了对传统，用笔的这种转换的思考。我们现在学习传统是如何把传统的文化精神转化到当代的体验中来，这

个过程非常重要，具体表现在人物当中，比如这一块形的笔触是传统用笔的一种感觉。我画中的连体法都是在写生中找到的一种感觉。写生带有极大的原创性，这个原创性我觉得不是按着对象去描摹，它完全是一种思考的结果，你有多少思考你就会找到多少东西，但这个思考不是一步到位的，它是积淀而来的，就像那个帽檐在马路的光影，实际在教室里不可能有那种光的。他戴的是红帽子，我把红帽子的颜色一减弱，然后加强了投影的关系，那么那个阴影用红颜色给他画出来，阳光下尽可能画亮一点，笔触的走向再强调一点，这样就糅合了现实生活中很多的心态在里面。这里就不是一个动态的结构的关系了，是借助动态这样一个结构关系来传达出对现在生活、对当代文化的一种理解，我觉得对人体写生的思考应在这个方面来做。

魏：请谈谈你创作人体的过程。

田：最初是从1987年开始画水墨人体，那时主要是考虑用笔墨和形的

关系，现在比较注重生存状态的体验，以我个人的理想来讲，应该是对生存状态的超越，所以在我的创作里尽可能画得纯净一点。但在教室里，面对对象的我必须面对生存的现状来思考一些问题，我上人体课已经有10年了，10年来也是对笔墨思考的过程，这里既有对生存的思考，也有对当代文化的思考，你画出纯净的感觉这是一种状态，你表现喧哗的一面，这也是一个思考的角度。其实笔墨讲得大一点是对人生的思考，讲得具体一点，它是表现形式的否定再否定。它不断有新感觉新东西产生，就像你面对平原上横着的高山，你不可能把平原的感觉等同于高山的感觉，所以不同的感觉应该有相应的笔墨形式来协调。

魏： 你的人体创作是否会实验很长一段时间？还会回到以前田园式的理想境界吗？

田： 人在作画的过程中有很多体验和经历，画画很重要的一个东西是在经历中领悟一些东西，这种领悟一种是很远的感觉，就是你理想的境界；另一种是现实的，你对现实是怎么理解的、思考的，这两者都不能忽略。现在画人体是对现状的一种思考，笔墨是随着我在理想境界里的，同时还要超越现实。回到一个很纯净、纯朴的空间里去，画都市是一种对现状经历的过程，那么这个经验是很重要的，再回到单纯的感觉，我想这种单纯和以前的那种单纯是不一样的，会更纯洁一些。

魏： 艺术家的创作往往有两种状态，一类是基本保持自己的画风不变，处于相对稳定状态；另一类是属于不断实验，不断对自己提出新的课题，我认为你属于后者，你在很长一阶段从事以平面的理想化的田园意境为主题的创作，而现阶段的"写实"人体创作与前一阶段截然不同，想请你就此谈谈看法。

田： 人体的空间有许多的可塑性，它可以画得很单纯也可画得很"写实"，画什么样的感觉不是刻意去追求一种状态，而是在一个大的生存空间里根据自己的体验和领悟来把握现实中自己的感觉积淀。这些东西放到画面上往往带有较多的现实过程，它也算是一种体验的记录方式，在过程中来思考一些东西，其中带有许多原发的感觉。这种东西夹杂着一些不和谐的生涩感，它的出现包含着你的现状和一些创作中的感觉，所以我的一些创作是在这样的过程中来调整的。谈到写生与创作的关系，从这些水墨人体来看，它们还是属于写生的范畴。

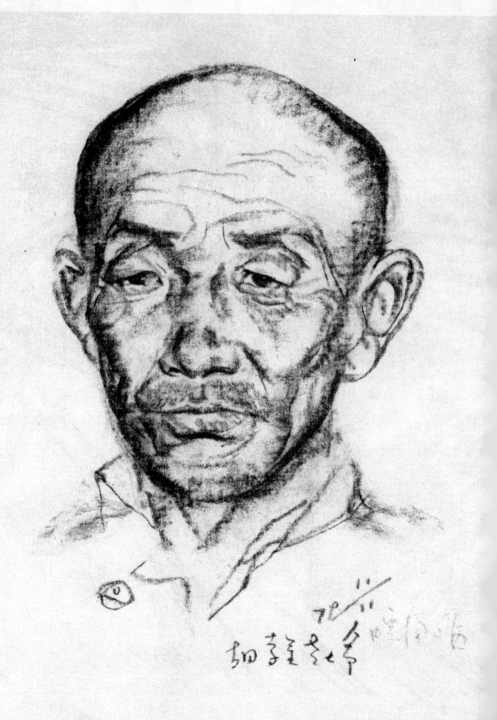

八五年
十渡

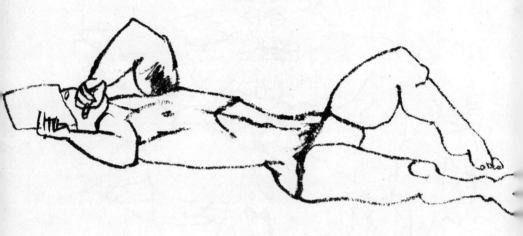

374

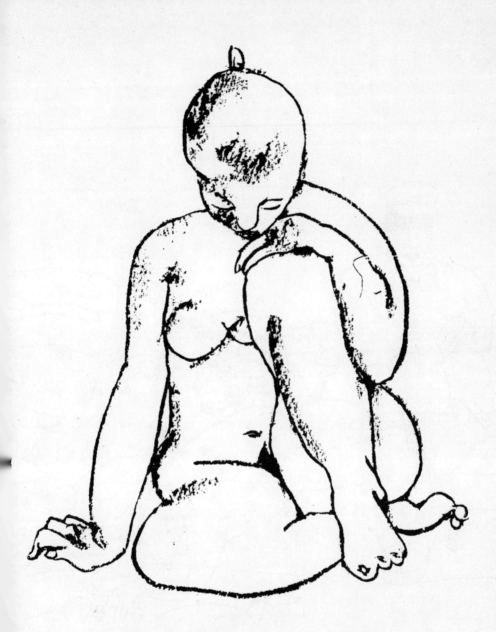

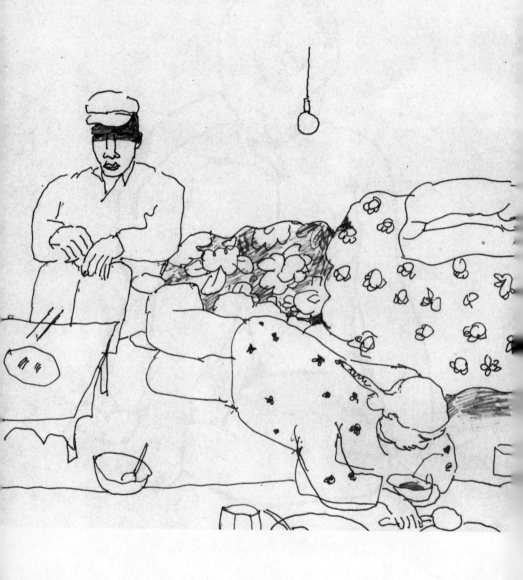

田黎明

- 1955 年 5 月生于北京，安徽合肥人
- 1989 年考取卢沉教授研究生
- 1991 年获文学硕士学位
- 现为中央美术学院中国画系主任、教授
- 中央美术学院学术委员
- 中国美术家协会理事
- 中国美术家协会中国画艺术委员会委员

田黎明与同学在十渡　（摄于1985年）

- 1984年　创作历史画《碑林》，获全国第六届美展优秀奖；
  为《美术研究》撰写《我在<碑林>中的艺术追求》。
- 1986年　开始画"人体系列"，以意象造型的方式，用粗犷的笔法与水墨平面相结合，
  意取视觉张力；
  设计邮票《辛亥革命著名领导人物》(孙中山、黄兴、章太炎)。
- 1987年　年底开始画水墨淡彩"肖像系列"，吸收了没骨法，以大片纯色的象征意味，取
  逆光，意为融墨法，这一过程把强调视觉表现力转为一种对水墨气韵的感受方
  式。

在地铁里

- 1988年　"肖像系列"之一《小溪》获北京"88国际水墨画展览"大奖；

  创作淡墨人物系列，在创作淡彩人体组画中开始调整墨与色的整体方式。

- 1989年　考取卢沉教授研究生；

  参加全国首届新文人画展；

  下半年开始对水墨没骨的融染方式进行调整，将色与墨、色与色、墨与墨并列

  交融，

  取名为"整体画法"，创作了"乡村人物系列"、"荷花系列"，开始进行《阳光

  下游泳的人》的创作。

在日本

- 1990年　再次创作《阳光下游泳的人》，将整体法、融墨法引入了光点，后取名为围墨法。这一过程将没骨法进行了重新组合，对日后的"阳光系列"产生了重要的影响。

- 1991年　创作"阳光系列"参加中央美院陈列馆91届研究生毕业展，这批作品集中了融墨法、整体法、围墨法，主要作品《五月河》、《人家》被该馆收藏；
《土地》于1993年被中国美术馆收藏；
出版《田黎明画集》(荣宝斋)、《田黎明画集》(广西美术出版社)；
获文学硕士学位。

- 1992年　参加20世纪中国美术作品展、深圳国际水墨双年展览，为《美术研究》撰写
　　　　　创作体会。
- 1993年　参加"93批评家提名展"，创作《阳光系列——游泳的人们》、《肖像组画——
　　　　　春、夏、秋、冬》；
　　　　　参加世纪末中国画人物画展；
　　　　　撰文《小草稿》、
- 1994年　参加国际艺苑中国画人物画展，继续创作人物肖像及游泳系列，同年又创作新
　　　　　游泳系列组画（未展出）。

- 1995年　创作"肖像系列"水墨画《远山》、《草地》、《清清的河》,这一时期作品主要
以意象手法把自然与人融合在一起,使画面的人物在自然的空间里生长;这一
方式是体味传统意象文化的一种尝试;
参加国际艺苑水墨延伸中国画展览。
- 1996年　创作《三个泳者》、《夏日》、《水波》等作品,由乡村题材转入都市文化的思考;
参加华观艺术公司举办的华观中国画邀请展;
出版当代速写精粹《田黎明专集》(荣宝斋)、《当代新文人画大系·田黎明画集》
(河北教育出版社)。

- 1997 年　进入《都市人》的草图创作中。
- 1998 年　创作了《都市人》、《上早班的中年人》、《吃汉堡的女孩》、《包装》、《午休》
  等；
  参加 20 世纪中国美术启示录作品邀请展，出版《田黎明课稿》（湖北美术
  出版社）。
- 1999 年　出版《笔性及人——田黎明画集》（安徽美术出版社）、《在画面的空间里散步·
  田黎明》（湖北美术出版社）；
  着手《都市假日》草图创作。

在莫高窟前

- 2000年　参加21世纪中国画21人作品北京、上海、广州巡回展；

　　　　　完成《都市假日》之一、之二，参加上海2000年国际双年展、深圳2000年都

　　　　　市水墨展。

- 2001年　创作《雷锋》肖像画；

　　　　　创作《西藏阳光》、《空气》、《雪域净土》，参加中国美协举办的纪念中国共产

　　　　　党建党80周年光辉80年人物画肖像展；

　　　　　参加文化部举办的走进西部画展；

　　　　　部分作品先后到法国、墨西哥等地展出；

课堂

出版《生活日记·田黎明》(河北教育出版社)、《天光云影》画集(中国收藏出版社)、《走近画家·田黎明》(天津人民美术出版社)、《艺术与情感·田黎明作品选》(文联出版社);

参加广州美术馆实验水墨 20 年回顾展。

- 2002 年　创作《自然的阳光》、《正午的阳光》、《谢顶的男孩》等,这一时期的主题是表达阳光的纯净之感,仍是以意象方式来体验自然与人的纯朴的相融;

出版《走进阳光·田黎明文集》(文化艺术出版社)、《都市假日》(岭南美术出版社)。

课堂上作示范

- 2003年　创作《过马路的男孩》、《汽车时代》、《都市女孩》等；

　　　　　参加北京国际双年展；

　　　　　出版《田黎明意象水墨人物画集》；

　　　　　设计邮票《台湾古建筑》。

- 2004年　创作《自然中的女孩》，参加新写意画展、融合·经典画展、"黄宾虹奖"获奖

　　　　　画家作品展以及田黎明、江宏伟、陈平特展；

　　　　　由河南大象出版社出版《田黎明画集》。

当代中国美术

图书在版编目（CIP）数据

当代中国美术家档案．田黎明卷／田黎明绘．—北京：
华艺出版社，2005.5
ISBN 7-80142-724-6／E·379

Ⅰ．当… Ⅱ．田… Ⅲ.中国画—作品集—中国—
现代 Ⅳ.J222.7

中国版本图书馆CIP数据核字 （2005） 第039759号

田黎明　卷

出版人	鲍立衔
主编	郭怡孮
策划	晋　奕
执行主编	满维起
	晋　奕
责任编辑	曾　智
	王淑艳
编务	张晓媚
装帧设计	晋　奕
印务监管	李　伟
装帧制作	北京源升世纪工作室
图片电分	北京宇斌图文设计制作有限公司
出版发行	华艺出版社
地址	北京市北四环中路229号海泰大厦10层
电话	82885151
邮编	100083
E－mail	huayip@wip.sina.com
经销	新华书店
	北京三哲文化发展有限公司
印刷	北京玥实印刷有限公司
开本	635mm×965mm　1/16
字数	112千字
印张	24.5
印数	1-5000册
版次	2005年5月第1版
印次	2005年5月第1次印刷
书号	ISBN 7-80142-724-6/E·379
定价	78.00元